BASTEI
LÜBBE

Jane Hudson

Eine Schwäche für die Liebe

Ein Caprice-Roman

Ins Deutsche übertragen
von Brigitte Wilken

BASTEI LÜBBE

BASTEI-LÜBBE-TASCHENBUCH
Caprice
Band 58072

Erste Auflage: Mai 1990

Published by arrangement with Bantam Books, Inc., New York
Caprice-Romane stammen aus der amerikanischen
Taschenbuch-Reihe ›Loveswept‹

Deutsche Lizenzausgabe 1990
Bastei-Verlag, Gustav H. Lübbe GmbH & Co., Bergisch Gladbach
Originaltitel: The Right Moves
Titelillustration: Pepe Gonzalez/Norma Agency, Barcelona
Umschlaggestaltung: Quadro Grafik, Bensberg
Satz: VID Verlags- und Industriedrucke GmbH & Co. KG,
Villingen-Schwenningen
Druck und Verarbeitung: Clausen & Bosse, Leck
Printed in Germany
ISBN 3-404-58072-9

Der Preis dieses Bandes versteht sich einschließlich
der gesetzlichen Mehrwertsteuer.

1

»Hat hier jemand einen Abschleppwagen gerufen?«

Der Parkwächter verließ seinen Posten neben einem der beiden in Kübel gepflanzten Bäume, die die geschnitzte Tür flankierten, und trat unter dem roten Baldachin hervor, auf dem in weißen Lettern der Name des Lokals stand: *Le Bœuf.* Dieselbe Schrift zierte die linke Jackentasche des lächelnden jungen Mannes. Sein Lächeln wurde noch breiter, als er ins Führerhaus des Abschleppwagens hineinschaute.

»Ja, sicher. Für Mr. Russo. Parken Sie da drüben«, sagte er und zeigte den Bordstein hinunter. »Ich sag' ihm Bescheid.«

Chris Ponder fuhr den großen schwarzen Abschleppwagen bis zu der angedeuteten Stelle vor, kletterte aus dem Führerhaus und rieb sich den Rücken. Es war eine lange, harte Nacht gewesen, angenehm warm für eine Märznacht in Houston, aber voll von typischen Samstagabendrasern. Sie war schon zu drei schweren Unfällen auf dem Freeway, ein paar Blechschäden auf Nebenstraßen und vier oder fünf verschiedenen Karambolagen in der Stadt gerufen worden. Sie hatte ihr Portemonnaie beträchtlich gefüllt, aber sie war hundemüde.

Mit einem Blick auf ihre Armbanduhr stellte sie fest, daß es schon halb zwei Uhr morgens war. Nach diesem Auftrag würde sie Schluß machen. Seit über zehn Stunden war sie schon unterwegs. Sie unterdrückte ein Gähnen, stemmte ihre Hände in die Gesäßtaschen ihrer Jeans, wippte in ihren abgewetzten Turnschuhen vor und zurück und wartete.

Der lächelnde junge Mann kam schon bald zurück. »Mr. Russo ist beim Manager im Büro. Er sagt, es dauert noch ein paar Minuten und Sie sollten auf einen Drink hereinkommen; auf seine Rechnung natürlich.«

Mit finsterem Blick sah sie an ihren ölverschmierten Sachen hinunter und dann auf den eleganten Eingang des *Le Bœuf*. »Da rein? So wie ich bin?«

»Klar!« Der junge Mann hob eine Augenbraue und starrte auf ihr Polohemd, das ihre festen Brüste umspannte. »Ich finde, Sie sehen wundervoll aus.«

Chris hob den Blick zum Himmel. Gott verschone mich mit lüsternen Männern! Männer? dachte sie dann. Dieser Junge, der kaum älter sein konnte als ihr achtzehnjähriger Stiefsohn, zwinkerte ihr immer noch zu. »Laß den Quatsch, Junge«, sagte sie. »Ich bin alt genug, deine Mutter zu sein.«

»Ja, Madam!« Der strenge Ton, in dem sie das sagte, zeigte Wirkung. Der junge Mann schien ernüchtert und nahm wieder Haltung an.

»Schon gut«, lenkte Chris lächelnd ein. »Eine Tasse Kaffee könnte ich vertragen.«

»Ja, Madam!« Er grinste wieder, als er vorausging und ihr die schwere Tür aufhielt.

Drinnen war es dunkel und rauchig. Rockmusik, so laut, daß der Boden unter ihren Füßen vibrierte, mischte sich mit irren, schrillen Schreien von Frauen. Der Lärm war ohrenbetäubend. Der Parkplatz war hell erleuchtet gewesen, drinnen jedoch war es schummrig, so konnte Chris kaum etwas sehen. Eine Gestalt tauchte wie aus dem Nichts neben ihr auf.

»Willkommen im *Le Bœuf*, Schätzchen«, tönte eine tiefe männliche Stimme. »Die Tische sind alle besetzt, aber an der Bar ist noch Platz. Was kann ich Ihnen zu trinken holen?«

Chris blinzelte die Gestalt an, aber alles, was sie ausmachen konnte, war eine rote Fliege, die in der Dunkelheit zu glühen schien, und eine Reihe von einem breiten Grinsen entblößter, leuchtend weißer Zähne. Jemand rempelte Chris an, und sie suchte automatisch nach Halt.

Ihre Hand stieß auf straffe, nackte Haut. Chris schnappte nach Luft.

»He, he, Schätzchen«, tönte die Stimme. »Anschauen dürfen Sie, aber nicht anfassen.«

Chris zog blitzschnell ihre Hand zurück, denn jetzt konnte sie die breite, nackte Brust erkennen. Sie schluckte. »Entschuldigen Sie. Ich warte auf Mr. Russo. Ich wollte nur eine Tasse Kaffee. Vielleicht warte ich doch besser draußen.«

»Nick Russo? Verzeihen Sie, Miß. Ich habe einen Platz ganz vorne für Sie. Hier entlang, bitte.« Bevor sie es verhindern konnte, hatte er sie am Ellbogen gepackt, dirigierte sie durch die Menge kreischender Frauen und drückte sie in einen Sitz.

Mit Augen so groß wie zwei Silberdollars starrte Chris auf den Mann, der vor ihr im Rampenlicht über eine Plattform wirbelte. Sein dunkler, muskulöser Körper glitzerte, war mit Öl eingerieben und glänzte, und er trug nichts als einen winzigen, mit Perlen besetzten Lendenschurz und zwei Federn im langen schwarzen Haar.

»Jeronimo!« kreischte eine Frau neben ihr und winkte mit einem gefalteten Geldschein.

Als der Mann einen Indianerschrei ausstieß und ein paar Stoßbewegungen mit seinem Becken vollführte, stöhnte Chris. »O Gott!« Dann schlug sie die Hände vors

Gesicht. Sie wäre gegangen, wenn sie nicht zwischen hysterischen Frauen eingeklemmt gewesen wäre, die dem Tänzer mit Geldscheinen zuwinkten und dabei um einen Kuß von ihm bettelten. Bald steckten überall Scheine unter seinem Lendenschurz, und immer noch drehte er sich und stieß . . . und küßte.

Es war widerlich.

Kellner mußten sich bereithalten, um die Hände der gierigen Frauen von dem ›Indianer‹ fernzuhalten. Schließlich wurde der Trommelwirbel leiser, Geronimo streckte die Arme hoch, schrie ein letztes Mal, und das Rampenlicht erlosch.

Vielleicht komme ich jetzt raus, dachte Chris, während sie den Kaffee hinuntergoß, der, wie von Geisterhand herbeigeschafft, plötzlich vor ihr gestanden hatte. Aber sie hatte kein Glück. Die Menge um sie herum war dicht, und schon begann eine neue, langsamere Musik.

»Meine Damen, hier ist er. Der neue Star des *Le Bœuf* . . . der blonde Gott, der Wikinger!«

Die Frauen wurden noch wilder als vorher, kreischten, sprangen auf und ab und kletterten auf die Tische. Alles, was Chris durch das Gewimmel wild geschwungener Arme und Beine hindurch sehen konnte, war eine große Gestalt auf einer Bühne am anderen Ende des Saales. Der Mann im Scheinwerferlicht hatte ein riesiges Schwert in der Hand, ein paar Felle übergeworfen und trug einen Helm mit zwei Hörnern auf dem Kopf.

Als der Mann anfing, sich zu bewegen, breitete eine Rothaarige im Minirock, die neben Chris gesessen hatte, die Arme weit aus und schrie: »Komm und töte mich, Baby!«

Sie stieß gegen die Tasse, die Chris gerade zum Mund hatte führen wollen, und Kaffee spritzte auf Chris'

Polohemd. »Mist!« murmelte sie und versuchte die Flecken mit einer roten Serviette abzuwischen.

Widerlich. Einfach widerlich.

Wie kamen erwachsene Frauen dazu, sich so idiotisch zu benehmen? Und was waren es für Männer, die sich zu einem solchen entwürdigenden Schauspiel hergaben? Sie wäre am liebsten im Erdboden versunken.

Chris sah daran, daß die Frauen um sie herum Geldscheine hervorkramten und hochhielten, daß der Tänzer immer näher kam. Als Kellner eine der außer sich geratenen Zuschauerinnen, die die Bühne zu stürmen drohte, zurückzogen, hatte Chris auf einmal freie Sicht. Sie sah zuerst den knappen Pelzschurz, dann einen Bauchnabel und daneben ein ungewöhnliches, halbmondförmiges Muttermal.

Sie hielt entsetzt den Atem an und riß die Augen tellerweit auf. Mit offenem Mund und wie gelähmt saß sie da, während es ihr langsam dämmerte. Plötzlich sprang sie auf die Füße, stieß die wahnsinnigen Frauen in ihrer Nähe zur Seite, bahnte sich wie ein Bulldozer den Weg bis an den Rand der Bühne und starrte auf den fast nackten blonden Riesen im gehörnten Helm, der seine Hüften in Richtung einer Brünetten stieß, die einen Zwanzigdollarschein in der Hand hielt.

»Jon . . . Paul . . . Ponder!« schrie Chris. »Du kommst sofort da runter!«

Sie kletterte auf die Bühne, als der erschrockene Tänzer sich ihr zuwandte. Er wurde blaß, als sähe er einen Geist.

Die Fäuste in die Hüften gestemmt, sah Chris wutentbrannt zu dem jungen Mann auf, der sie um mindestens fünfundzwanzig Zentimeter überragte. »Zieh dich an und mach, daß du hier rauskommst! Sofort!« Sie packte ihn gerade am Arm, als zwei muskulöse Kellner auf die Bühne kletterten und ihrerseits Chris' Arme mit ihren starken Händen fest umschlossen.

Mit einssechzig und hundert Pfund war Chris den beiden, die versuchten, sie zurückzuhalten, nicht gewachsen, aber sie kämpfte wie eine Löwin gegen sie an. »Laßt mich los, ihr Gorillas!« stieß sie zwischen den zusammengebissenen Zähnen hervor.

»Madam, Sie dürfen den Wikinger nicht anfassen«, erklärte einer der beiden Männer, bemüht, sie zu beruhigen und gleichzeitig von der Bühne zu drängen.

»Das ist kein Wikinger«, fauchte Chris zurück. »Das ist mein Sohn.«

»Ja, sicher, Lady!« sagte der andere von ihnen, während die beiden Chris, die nach ihnen trat, hochhoben und sie energisch aus der Menge entfernten.

»Ich verlange, den Manager zu sprechen! Sofort!«

Nick Russo beobachtete mit einem amüsierten Lächeln von einer dunklen Ecke des Managerbüros aus, wie das niedliche kleine Energiebündel im schmutzigen blauen Polohemd und engen Jeans, in denen ein wohlgeformtes Hinterteil steckte, Sal Milella niedermachte. Ein Teil ihrer Haare war noch zu einem schief hängenden Knoten hochgesteckt, der jedesmal wackelte, wenn Chris den Zeigefinger drohend vor Sals Gesicht schüttelte, und der Rest der dunkelblonden Locken fiel ihr in wilden Kaskaden über die Schultern.

»Wollen Sie mir etwa erklären, Mr. . . .« – sie riß das Namensschild, das auf dem Schreibtisch stand, an sich, las und knallte es zurück an seinen Platz – »Mr. Milella, daß nichts dabei ist, wenn Sie Jungs, die eigentlich noch

Kinder sind, in dieser schummerigen Spelunke beschäftigen? Sie sollten sich schämen. Sie gehören eingesperrt.«

Sal sah erschrocken von Nick zu diesem Hitzkopf, der sich über seinen Schreibtisch lehnte, und dann wieder zu Nick zurück, als wolle er sagen: »Hilfe! Wovon redet diese verrückte Frau?«

Chris folgte seinem Blick und wirbelte herum. »Und Sie, wer sind Sie überhaupt?«

Nick stand auf und ging auf sie zu. Trotz ihres funkensprühenden Blickes fand er, daß sie das süßeste Gesicht hatte, das ihm je unter die Augen gekommen war. »Ich bin Nick Russo«, sagte er leise mit tiefer vibrierender Stimme. Er streckte die Hand aus und lächelte.

Während sie automatisch seine Hand schüttelte und in ein Paar dunkelgraue Augen schaute, die unter dichten schwarzen Wimpern lagen und unverschämt verführerisch schimmerten, spürte Chris, wie ihr flau wurde.

Er hatte hellbraunes Haar, war ungefähr einsachtzig groß und hatte breite Schultern, die in einem anthrazitgrauen Maßanzug steckten. Seine sinnlichen Lippen waren zu einem schmunzelnden Lächeln verzogen, was ein Grübchen in seiner linken Wange entstehen und Chris' Knie schrecklich weich werden ließ.

Wie konnte ein Mann nur so unverschämt sexy wirken? Es ging etwas wie ein Stromstoß von ihm aus, der von seiner Hand in ihre strömte und ihren Puls durcheinanderbrachte. Sie konnte nicht atmen; sie konnte nicht denken. Sie konnte diesen Mann vor ihr nur mit offenem Mund anstarren.

»Und wer sind Sie?« hörte sie ihn fragen.

»Ich bin Chris Ponder. Ich bin gekommen, weil ich Ihren Wagen abschleppen soll.«

Er runzelte die Stirn. »Sie?«

Seine Reaktion brach den Zauber, unter dem sie gestanden hatte, und sie wurde wieder wütend – was sie wohl davor bewahrte, sich völlig lächerlich zu machen. »Ja, ich«, sagte sie und zog hastig ihre Hand zurück. »Aber Sie haben mich warten lassen, und bei der Gelegenheit habe ich Jon – bis auf ein Stückchen Kaninchenfell und zwei Hörner fast nackt – auf der Bühne da draußen herumstolzieren gesehen. Und er ist doch fast noch ein Kind! In einem Lokal wie diesem hier hat er nichts zu suchen! Mir hat er erzählt, er hätte einen Job als Kellner in einem Steakhaus.«

Nicks Stirnrunzeln wurde noch tiefer. »Wer ist Jon?«

»Jon Ponder«, antwortete Chris und wandte sich an Sal. »Hier bekannt als der Wikinger.«

»Ponder?« fragte Nick. »Ihr Bruder?«

»Nein, nicht mein Bruder. Mein Sohn.«

Nicks dunkle Augenbrauen hoben sich. »Sie sehen nicht aus, als könnten Sie schon einen Sohn in seinem Alter haben. Sie sehen doch selbst nicht älter aus als fünfundzwanzig.«

Chris stieß einen Seufzer der Verzweiflung aus. »Sehen Sie, ich bin vierunddreißig Jahre alt. Ich kann Ihnen meinen Führerschein zeigen, wenn Ihnen das hilft. Tatsächlich ist Jon mein Stiefsohn, aber ich bin seit seinem fünften Lebensjahr seine Mutter.«

Nick wußte nicht, warum, aber er spürte die Enttäuschung wie einen stechenden Schmerz, während er die kesse Nase und die riesigen blauen Augen unter den dunklen Wimpern betrachtete. Wenn Jon ihr Stiefsohn war, dann mußte es auch einen Vater geben. Und dieser

Vater war der Mann der Frau vor ihm. Aber welcher Mann würde dieses zerbrechliche kleine Engelsgesicht mitten in der Nacht allein mit einem Abschleppwagen in Houston herumfahren lassen? Wußte denn dieser Verrückte nicht, wie gefährlich das war? Nick ballte die Fäuste. Er haßte diesen Mann, den er nicht einmal kannte. »Und Ihr Mann? Wo ist der?«

»Ich bin Witwe, Mr. Russo, aber das tut gar nichts zur Sache. Ich bin Jons gesetzlicher Vormund.«

Nick runzelte die Stirn, sah zu Sal hinüber und wieder zu Chris. »Wie alt ist Jon?«

»Achtzehn.«

»Und er braucht noch einen Vormund?« Nick klang jetzt mehr amüsiert als besorgt.

»Wenn Sie mich fragen, braucht er einen Wärter«, entgegnete sie mit einem Kopfschütteln, das das endgültige Aus für ihre Frisur bedeutete, denn der Knoten löste sich völlig. Chris achtete nicht darauf, ihre Augen wurden schmal. »Jon mag zwar schon im College sein, aber sobald ich ihn zu Hause habe, werde ich ihm das Hinterteil versohlen, daß er die nächste Woche ein Kissen braucht, wenn er sich hinsetzen will.«

»Ich verstehe.« Nick unterdrückte ein Lachen bei dem Gedanken, daß Chris versuchen wollte, dem stämmigen Jon Ponder, der mindestens doppelt so schwer war wie sie, eine Tracht Prügel zu verabreichen. »Sal«, sagte Nick und wandte sich an den Manager, dem anzusehen war, daß er sich in seiner Haut nicht wohl fühlte, »am besten holst du den jungen Mann, damit wir die Sache klären können.«

»Klar, Nick!« Damit hastete der Manager hinaus, offensichtlich erleichtert, entkommen zu können.

Chris wandte sich um und betrachtete wieder Nick

Russo, der sie seinerseits von oben bis unten taxierte. Er hatte große Hände mit gepflegten Fingernägeln. Er trug keinen Siegelring, aber sie hätte zehn Dollar gewettet, daß er zu dieser Art von italienischen Papagallos gehörte, die eine goldene Kette unter dem weißen Seidenhemd und der roten Paisleykrawatte versteckten. Möglicherweise hatte er auch eine behaarte Brust; die dunklen Schatten auf seinen Wangen jedenfalls ließen ahnen, daß er einen starken Bartwuchs hatte. Solche Männer hatten viele Haare auf der Brust, weiche, schwarze Haare.

Aber verflixt, hatte sie nichts Besseres zu tun, als über Brustbehaarung dieses Mannes nachzudenken? Sie riß den Blick von ihm los und studierte die Muster der Tapete.

Zugegeben, er sah gut aus und er war sexy . . . für jemand, der Männer mochte, die glänzende Hemden, teure Schuhe und goldene Uhren trugen, die mehr kosteten als ihr eigener Wagen. Was sie nicht tat! Nick Russo war absolut nicht ihre Kragenweite. Er war einer von diesen flotten Burschen mit den zärtlichen Worten und erfahrenen Händen, einer von denen, die alle Schliche kannten.

Absolut nicht ihr Typ. Selbst wenn sie zu haben wäre, was aber ohnehin nicht der Fall war.

Aber er strahlte Ruhe und Kraft aus. Beides glaubte sie so deutlich wahrzunehmen wie sein teures Eau de Cologne. Die Kombination war fast berauschend. Und da war auch eine Spur von Härte an ihm. Mr. Milella war regelrecht nach seiner Pfeife getanzt. Wer war dieser Mann, daß er dem Manager Befehle geben konnte?

Ohne lange zu überlegen, wandte sich Chris um und fragte: »Mr. Russo, sagen Sie, was haben Sie überhaupt mit Mr. Milella und diesem . . . diesem Lokal zu tun?«

»Wir sind verwandt. Sal und ich, meine ich. Er ist mein Neffe, der Sohn meiner älteren Schwester. Ich berate ihn von Zeit zu Zeit.« Ein feines Lächeln brachte seine weißen, gleichmäßigen Zähne zum Vorschein, und auch das Grübchen in seiner linken Wange war wieder da.

Es ist ein Fehler, ihn anzusehen, dachte Chris, denn sie fühlte ihre Knie schon wieder weich werden. Das Lächeln machte es, ein Lächeln, das so unverschämt verführerisch war, daß Chris dabei errötete und ihr auf einmal ganz warm wurde. Was war nur los mit ihr? Es gefiel ihr überhaupt nicht, wie er auf sie wirkte. Es gefiel ihr absolut nicht. Sie mußte Jon erwischen und dann raus aus diesem Lokal. Schnell.

»Ich verstehe.« Während sie krampfhaft versuchte, einfach nicht mehr an diesen Mann zu denken, der immer noch so gefährlich nah neben ihr stand, fing sie an, leise vor sich hin zu summen und betrachtete gespielt gleichgültig die Schnürsenkel ihrer abgewetzten Turnschuhe. Wie wäre es wohl, seine Hände, seine Lippen zu spüren . . .

Die Tür hinter ihr wurde geöffnet, und Chris wandte sich erschrocken um.

»Er ist schon gegangen«, sagte Sal Milella.

Chris stieß den Atem aus und bemerkte erst jetzt, daß sie ihn angehalten hatte. »Wirklich?« Ihre Stimme klang unnatürlich hoch. Chris versuchte, den beiden Männern zuzulächeln. »Na, dann geh' ich am besten auch. Wiedersehen.« Sie winkte und ging in Richtung Tür.

»Warten Sie«, sagte Nick.

Chris blieb wie erstarrt stehen.

»Was ist mit meinem Wagen?«

»Mit Ihrem Wagen?«

»Ja, erinnern Sie sich nicht? Damit hat doch alles

angefangen. Mein Wagen steht auf dem Parkplatz und muß nach Hause geschleppt werden. Es ist ein sehr wertvolles Fahrzeug.«

In ihrer Eile hatte Chris den Wagen vergessen. »Ach ja, Mr. Russo. Kein Problem. Ich nehme ihn an den Haken und behandle ihn wie ein Baby.«

Sie reichte dem Manager die Hand. »Gute Nacht, Mr. Milella. Es freut mich sehr, Sie kennengelernt zu haben.«

»Ganz meinerseits, Mrs. Ponder«, entgegnete er freundlich.

Das schaffe ich schon, dachte Chris, als sie durch die Tür ging, die Nick für sie offenhielt. Das ist eine Arbeit wie jede andere. Nick Russo ist eben irgendein gutaussehender Mann. Und nicht der große böse Wolf. Und, zum Teufel, sie brauchte doch nur seinen Wagen abzuschleppen, das war alles.

Aber obwohl sie sich bemühte, ihre innere Ruhe wiederzufinden, konnte sie dieses ungute Gefühl nicht loswerden, daß Nick eine Gefahr für ihr wohlgeordnetes Leben darstellte.

Das *Le Bœuf* war fast leer, als sie den großen Raum auf dem Weg zum Ausgang durchquerten. Die Luft roch nach kaltem Zigarettenrauch und einem Gemisch einer Vielzahl von Parfums. Ein Barkeeper zählte das Geld in der Kasse, und nur das Brummen eines Staubsaugers in einer entlegenen Ecke störte die Ruhe. Es war fast unheimlich nach dem wüsten Getümmel, das eben noch geherrscht hatte.

Unheimlich war auch, daß Nick Russos Hand auf ihrem Rücken ruhte, während er sie zum Ausgang dirigierte. Für ihn war es vielleicht eine unbewußte Geste, für sie war es nervenaufreibend. Tausend kleine Schlangen krochen ihr den Rücken hoch, und ihr Magen zog sich zusammen. Sie wollte nur noch raus aus diesem Lokal und weg von diesem Mann! Sie hatte die bittere Erfahrung gemacht, daß man diesem Typ Mann nicht trauen konnte. Sie beschleunigte ihren Schritt und stieß mit beiden Händen gegen die schwere Tür.

Sie gab nicht nach.

Chris drückte noch einmal. Fester. Die Tür bewegte sich immer noch nicht. Panik schnürte Chris die Kehle zu, und sie stöhnte. Dann warf sie sich mit den Hüften gegen das dicke, unnachgiebige Holz. Nick Russo packte sie an den Schultern, und sie erschauerte. Mit sanftem Druck schob er sie beiseite, und sie hatte sich gerade noch wieder rechtzeitig gefangen, um zu sehen, wie der Mann lächelnd den Schlüssel umdrehte, der die ganze Zeit im Schloß gesteckt hatte.

Chris lächelte verlegen. »Wie dumm von mir, daß ich ihn nicht bemerkt habe.«

Er sah sie freundlich lächelnd an. »Keineswegs.«

Kaum, daß er die Tür aufgestoßen hatte, eilte Chris an ihm vorbei und atmete erleichtert auf.

Draußen stand der Parkwächter stramm, als er Nick sah. »Ich bin eigens noch hiergeblieben, um Ihren Wagen im Auge zu behalten, Mr. Russo. Er ist ein Prachtstück.«

»Vielen Dank, Eddie«, sagte Nick, zog einen Schein aus einem Bündel, das dick genug war, um das größte Kaufhaus von Houston leer zu kaufen, und gab ihn dem grinsenden jungen Mann. »Ein echtes Schnäppchen. In perfektem Zustand. Ich bin zufällig bei einer Nachlaßversteigerung daraufgestoßen und habe ihn ganz billig erstanden. Ich verstehe nicht, warum er mich heute abend im Stich gelassen hat, aber ich werde ihn bestimmt in ein paar Tagen wieder in Gang bringen.«

Chris folgte den begeisterten Blicken der beiden

Männer und sah eine uralte Limousine allein auf dem fast leeren Parkplatz stehen. Mit schwarz glänzendem Lack, glitzernden Chromteilen und einem Ersatzreifen hinter dem vorderen Kotflügel sah er aus wie ein Wagen aus einem alten Film.

»*Das* ist Ihr Wagen?« fragte Chris.

Er nickte und sie gingen auf das schwere Automobil zu. »Ein Rolls-Royce aus dem Jahre 1939. Tadellos erhalten. Ich habe ihn gekauft und von Galveston hierhergefahren, aber ein paar Blocks von hier fing er plötzlich an zu stottern. Jetzt möchte ich ihn nach Hause schleppen lassen, bis ich Zeit habe, nach dem Motor zu sehen. Autos sind wie Frauen.« Er lächelte vielsagend. »Sie haben es am liebsten, wenn man sanft mit ihnen umgeht.« Er strich liebevoll über den glänzenden Lack, sein Blick jedoch war auf Chris gerichtet. »Wunderschön, nicht wahr?« fragte er mit rauher Stimme. »Glauben Sie, daß Sie es schaffen?«

Chris schluckte. »Was schaffen?« flüsterte sie zögernd.

Nick lachte leise. »Den Wagen abzuschleppen . . . als erstes.«

Plötzlich kam wieder Leben in Chris. »Aber sicher. *Kein* Problem. Lassen Sie mich den Abschleppwagen holen, und ich habe die Schönheit angehängt und abtransportiert, bevor Sie ›piep‹ sagen können.«

Sie flüchtete zum Abschleppwagen und sprang ins Führerhaus. Sie packte das Steuerrad und holte tief Luft. Hatte er versucht, sie zu verführen, oder ging ihre Phantasie mit ihr durch? In all den Jahren, in denen sie Hub Lovells Abschleppwagen fuhr, war sie nie in eine solche Situation geraten. Manche Leute, Jon eingeschlossen, dachten, es wäre gefährlich für sie, den Abschleppwagen zu fahren, aber sie hatte noch nie ernsthafte

Schwierigkeiten gehabt. Na ja, gestand sie sich ein, vielleicht hie und da ein paar haarsträubende Zwischenfälle, aber nichts, womit sie nicht fertig geworden wäre.

Nick Russo war ein ganz anderer Fall. Sie war noch nie einem Mann begegnet, der ihre Selbstsicherheit mit seinen unverschämt schönen Augen und seinem verführerischen Lächeln so bedenklich ins Wanken gebracht hatte.

Irgendwie gelang es ihr, den Abschleppwagen zu der antiken Limousine zu manövrieren, auszusteigen und die Hydraulik in Gang zu bringen, bis die Adlerklaue die Reifen gepackt hatte, der Kranarm aufgerichtet und der Rolls hochgehoben war. Nick Russo sah ihr mit einem seltsam amüsierten Lächeln zu, das sie nervös machte. Sehr nervös.

Als sie den Wagen mit Reifenklammern abgesichert hatte, warf sie ihre Arbeitshandschuhe ins Führerhaus und kletterte hinterher. »Wohin?« fragte sie, nachdem Nick auf dem Beifahrersitz Platz genommen hatte.

»River Oaks«, antwortete er und nannte eine Adresse in der exklusivsten Gegend von Houston.

»Das paßt«, murmelte sie vor sich hin, während sie anfuhr. Solche Typen wohnten immer in Villen mit Gärten und Swimmingpools; sie dagegen hauste in einem eher schäbigen Gemäuer in Heights, wo es nicht einmal eine winzige Petunie gab geschweige denn einen Swimmingpool, höchstens eine Pfütze auf dem Küchenfußboden, wenn die Wasserleitung oben im Badezimmer wieder mal leckte.

»Sagten Sie etwas?«

»Ich? Uh . . . nein. Ich dachte nur gerade an eine defekte Wasserleitung bei mir zu Hause. Seit wann wohnen Sie in Houston, Mr. Russo?«

»Ich bin vor ungefähr acht Jahren von Chicago hierhergezogen.«

»Haben Sie noch Verwandte in Chicago?« fragte sie, auf der Suche nach einem unverfänglichen Thema für eine Unterhaltung, um sich abzulenken.

»Ja, ich habe noch Verwandte in Chicago, aber die meisten sind inzwischen auch nach Houston gezogen. Die Möglichkeiten, Geschäfte zu machen, sind hier besser. Und Sie?«

»Was ist mit mir?«

»Erzählen Sie mir von Chris Ponder, der Abschleppwagenfahrerin. Stammen Sie aus Houston?«

»Nein, ich komme aus Texarkana. Ursprünglich bin ich nur hergekommen, um hier zu studieren, aber dann bin ich eben in Houston hängengeblieben. Meine Eltern wohnen aber immer noch in Texarkana. Mein Vater hat in einer Konservenfabrik gearbeitet, aber jetzt ist er pensioniert. Ich habe einen jüngeren Bruder in Sacramento.« Chris wußte, daß sie zuviel redete, aber es war ihr egal. Sie würde ihm ihre Lebensgeschichte erzählen, wenn sie damit die Zeit überbrücken konnte, bis sie ihn los wurde.

»Seit wann fahren Sie den Abschleppwagen schon?«

»Seit ungefähr viereinhalb Jahren. Ich arbeite für gewöhnlich am Wochenende und wenn es regnet.«

»Wenn es regnet?«

»Klar, viele Wagen bleiben liegen, wenn die Straßen überflutet sind. Die meisten Leute werden es nie lernen, ihren Wagen unter Kontrolle zu halten, wenn Wasser auf der Straße steht.«

»Ist Ihr Job nicht viel zu gefährlich für eine Frau?«

Sie wurde ärgerlich. Sie hatte es satt, zu hören, wie

gefährlich es für sie war, einen Abschleppwagen zu fahren. Sie brauchte sich von niemandem Vorschriften machen zu lassen, und erst recht nicht von einem, der sich in schummrigen Nachtclubs herumtrieb. »Mir macht's Spaß«, entgegnete sie. »Und es bringt Geld. Es ist *ehrliche* Arbeit, Mr. Russo.«

Nick lächelte, als er sah, wie sie ihr Kinn vorschob, während sie das Lenkrad umklammerte und sich aufs Fahren konzentrierte. Zum ersten Mal seit langer Zeit fühlte er sich unwiderstehlich zu einer Frau hingezogen. Seit Paula weg war, hatte er kaum etwas empfunden. Oh, er war mit Frauen ausgegangen; hatte mitgespielt, aber er hatte nichts *gefühlt*. Und wenn er sich selbst gegenüber ehrlich war, mußte er zugeben, daß er in den letzten Jahren ihres Zusammenlebens auch für Paula nicht viel empfunden hatte.

Er betrachtete den kleinen Hitzkopf neben sich und versuchte, ihn mit seiner Frau zu vergleichen. Abgesehen von der Tatsache, daß sie beide schön waren – wenn auch auf sehr unterschiedliche Weise –, schien ein Vergleich unmöglich. Paula war kühl und oberflächlich gewesen und hatte kein Interesse an Familie oder etwas anderem als an ihrem eigenen Äußeren gehabt. Sie hatte sich nie über irgend etwas aufgeregt. Er mußte fast laut lachen, als er versuchte, sich Paula in verschmierten Jeans am Steuer eines Abschleppwagens vorzustellen, oder dabei, einen nur spärlich bekleideten Tänzer von der Bühne eines Nachtclubs zu zerren oder Sal anzuschreien.

Als sie schließlich in seine Einfahrt einbogen, hatte Nick beschlossen, daß er Chris Ponder wiedersehen wollte, nein, mußte! Sie war ein selbstbewußtes kleines Geschöpf, aber sie weckte in ihm den Wunsch, sie zu beschützen, ein Wunsch, den er noch niemals zuvor bei jemandem verspürt hatte.

Er nahm sich vor, ihr als erstes eine Arbeit in seiner Organisation zu verschaffen, damit sie von der Straße wegblieb.

Nachdem Chris den Rolls vor den Garagen abgeladen hatte, zog Nick ein paar Hunderter aus seiner Geldklammer und reichte sie ihr.

»Was ist das?« Chris runzelte die Stirn, als sie die Scheine in der Hand hielt.

»Nehmen Sie's als Entschädigung für den zusätzlichen Ärger im Club.«

Meinte er, er brauchte ihr nur ein paar Scheine unter die Nase zu halten, und alles wäre in Ordnung? Chris wurde wütend und war nahe daran, zu explodieren, während sie ihre reguläre Gebühr abzog und ihm den Rest des Geldes wieder zuwarf. Wieso hatte sie diesen Macho auch nur für eine Sekunde für attraktiv halten können?

»Es ist ärgerlich gewesen, da haben Sie recht, Mr. Russo, aber ich nehme kein Schweigegeld!« Sie kletterte eilig ins Führerhaus zurück, knallte die Tür zu und ließ den Motor wieder an. Dann lehnte sie sich aus dem Fenster und schrie: »Und Sie können Mr. Milella sagen, daß der Wikinger seine letzte Runde gedreht hat!«

2

Das Heulen des Rasenmähers unter ihrem Schlafzimmerfenster weckte Chris endgültig auf. Sie gähnte, streckte sich und schaute auf die Uhr. Himmel, es war schon fast Mittag. Sie hatte sogar die Sonntagsmesse verschlafen. Warum hatte Jon sie nicht geweckt? Dann erinnerte sie sich. Wahrscheinlich war er den ganzen Vormittag auf Zehenspitzen herumgeschlichen, um eine Konfrontation mit ihr so lange wie möglich hinauszuschieben.

Sie hatte vorgehabt, ihm noch am Abend gehörig die Leviten zu lesen, aber als sie schließlich zu Hause angekommen war, hatte er bereits tief und fest geschlafen, und obwohl sich seine volle Größe von einsneunzig unter der Bettdecke abgezeichnet hatte, hatte er mit seinen goldschimmernden Wimpern und dem blonden Lockenkopf auf dem Kissen wie ein Kind ausgesehen. Anstatt ihn aus dem Schlaf zu reißen, um ihm eine Strafpredigt zu halten, die er nicht so schnell vergessen würde, war ihr Zorn einfach dahingeschmolzen. Er hatte so süß, so unschuldig wie ein Kind ausgesehen, so daß sie es nicht übers Herz gebracht hatte, ihn zu wecken. Statt dessen hatte sie das Bettuch bis an sein Kinn gezogen und ihm einen Kuß auf die Stirn gegeben. Sie hatte immer eine Schwäche für dieses Kind gehabt.

Aber er brauchte nicht zu glauben, daß sie sein schändliches Benehmen ignorieren würde. Als ihr plötzlich wieder in den Kopf schoß, wie Jon in diesem Fetzen Pelz herumstolziert war, warf sie ihre Decke zurück und sprang aus dem Bett. Der ›Wikinger‹ konnte sich auf etwas gefaßt machen.

Sie gab dem Sonnenrollo an ihrem vorderen Schlafzimmerfenster einen Ruck, daß es hochschoß und hart gegen die Halterung knallte. Chris blinzelte, weil das helle Sonnenlicht sie blendete. Dann schob sie die untere Hälfte des Fensters hoch, steckte den Kopf durch die Öffnung und schrie Jon etwas zu, der gerade ein Stück des unebenen Rasens vor dem Haus mähte. Er schaute nicht auf. Kein Wunder, dachte sie. Der alte Rasenmäher machte einen Höllenlärm, aber das war nicht der Grund dafür, daß Jon nichts hörte. In einer zerfransten, abgeschnittenen Jeans und einem Paar ausgelatschter Schlappen, mit Kopfhörern auf den Ohren und einem Walkman am Gürtel, verrenkte er die Schultern und wippte mit dem Hinterteil im Rhythmus einer Beatmusik, der nur er lauschen konnte.

»Jon Paul Ponder!« Chris schrie und schwenkte die Arme, als er mit dem Rasenmäher wieder aufs Haus zukam, um einen neuen Streifen zu mähen. Er schaute immer noch nicht auf. Er tanzte und rockte einfach weiter hinter dem Rasenmäher her.

Ausgerechnet heute hatte er sich darangemacht, eine Pflicht zu erfüllen, mit der sie ihm schon seit zwei Wochen in den Ohren gelegen hatte. Und der Glanz auf ihrem sechs Jahre alten Volvo entging ihr auch nicht. Sein grüner Lack hatte nicht mehr so geglänzt, seit Curt, ihr verstorbener Mann, ihn während einer kurzen Periode von Wohlstand, ein Jahr bevor er starb, gekauft hatte.

Chris schrie und winkte wieder, aber sie hätte sich die Mühe sparen können. Jon sah und hörte nichts. Kurz entschlossen nahm sie einen ihrer weichen Pantoffel auf, schleuderte ihn in Jons Richtung und traf die nackte, braun gebrannte Brust. Jon blieb stehen und sah zu ihrem Fenster hinauf. Mit dem Zeigefinger machte Chris eine Bewegung quer über ihre Kehle.

Er winkte, dann stellte er die heulende Maschine ab und hängte sich die Kopfhörer um den Hals. »Morgen, Mom«, rief er mit einem breiten Grinsen. »Ich mähe den Rasen, und hast du schon dein Auto gesehen? Ich habe es poliert.«

Chris sah zu dem Adonis mit dem betörenden Grinsen hinunter. Er glich Curt jeden Tag mehr. Aber sie war immer froh gewesen, daß Jon nur das Äußere von seinem Vater geerbt hatte, nicht jedoch seine Charakterfehler. Nicht daß Jon perfekt gewesen wäre, er war ein normaler Junge, aber er war immer aufrichtig und ehrlich gewesen. Bis jetzt.

»Komm rein«, sagte sie und versuchte, ruhig zu bleiben. »Wir haben miteinander zu reden.«

»Klar. Laß mich nur erst den Rasen fertig mähen.«

»Diese Gräser haben zwei Wochen gewartet, da kommt es auf ein paar Minuten mehr oder weniger auch nicht mehr an.«

Er stieß einen Seufzer aus und bückte sich, um ihren Hausschuh aufzuheben, als ein alter Rolls-Royce in die Einfahrt einbog. Jon atmete auf, als ob er vom Gouverneur persönlich begnadigt worden wäre, und beobachtete den Mann, der aus dem Wagen stieg.

Chris sah ihn auch. Was in aller Welt hatte Nick Russo hier zu suchen? Sie zog hastig den Kopf vom Fenster zurück und fuhr sich mit den Händen durch den wirren Lockenkopf. Ich muß schrecklich aussehen, dachte sie.

Moment mal, schimpfte sie mit sich selbst. *Nur keine Panik.* Was kümmert dich dein Aussehen? Du bist nicht an Nick interessiert, vergiß das nicht! Vielleicht will er ja mit Jon sprechen. Chris nahm sich vor, nur sehr höflich zu sein und ihn so schnell wie möglich loszuwerden. Sie nickte wie zur Bestätigung und eilte ins Badezimmer.

Nick hatte Chris Ponder am oberen Fenster flüchtig zu sehen bekommen, aber sie war verschwunden, als er in die Einfahrt des alten viktorianischen Hauses mit dem abblätternden Verputz und dem windschiefen Vordach einbog und aus dem Wagen stieg. Er war den Gedanken an sie den ganzen Vormittag – und einen Großteil der Nacht – nicht losgeworden. Längst vergessen geglaubte Gefühle waren in ihm aufgewühlt worden. Bilder von blauen Augen und einem kleinen, wohlgeformten Po hatten ihn verfolgt, bis er schließlich Sal angerufen hatte, um Jon Ponders Adresse und Telefonnummer zu bekommen.

Er lächelte und nickte dem großen blonden Burschen neben dem Rasenmäher zu. »Jon.«

»Hallo, Mr. Russo«, sagte Jon und trottete auf Nick zu, um ihm die Hand zu schütteln. »Sagen Sie mal, das ist aber eine tolle Kutsche!« Er ließ seine Finger über die glatte schwarze Karosserie gleiten.

»Ich habe den ganzen Morgen dazu gebraucht, den Schlitten wieder in Gang zu bringen, und ich dachte, ich seh mal nach, ob Chris Lust auf eine Probefahrt hat.«

»Woher kennen Sie meine Mutter?«

»Ich war gestern abend in Sals Büro, als sie ihm die Leviten las, weil er halbe Kinder in seiner Spelunke beschäftigt. Sie war gekommen, um meinen Wagen abzuschleppen, und bei der Gelegenheit hat sie dich gesehen.«

Jon ließ den Kopf hängen und strich sich mit der Hand über die verschwitzte Brust. »Mr. Russo, es tut mir leid, aber meine Mutter ist wie eine Tigerin, wenn sie wütend wird.«

Nick lachte leise. »Und ob. Ich kann nicht glauben, daß dieses kleine Energiebündel deine Mutter ist. Sie sieht eher wie deine Schwester aus.«

Jon hob den Kopf und sah Nick mit seinen hellblauen Augen an. »Sie ist die einzige Mutter, die ich je gehabt habe, und sie ist eine gute. Ich verdanke ihr viel, und ich liebe sie, aber sie will scheinbar nicht wahrhaben, daß ich erwachsen bin. Für sie bin ich immer noch ein Kind, für das sie sorgen muß.«

»Mütter sind so«, sagte Nick. »Meine auch, und ich bin fast vierzig. Wird sie darauf bestehen, daß du im Club aufhörst?«

»Wir haben noch nicht darüber gesprochen. Ich habe versucht, die Diskussion zu vermeiden, aber ich kann sie nicht mehr länger hinausschieben. Mom hatte mich gerade zu sich beordert, als Sie vorfuhren. Gleich wird sie mir die Hölle heiß machen, weil ich ihr nicht die Wahrheit über meinen Job gesagt habe.«

»Du hast sie belogen?«

»Nicht direkt, aber das sieht sie bestimmt anders. Ich habe ihr gesagt, ich würde am Wochenende in einem Lokal arbeiten, in dem es viel Fleisch zu sehen gäbe. Sie nahm an, daß ich in einem Steakhaus als Kellner jobbe, und, nun, ich habe sie in dem Glauben gelassen. Aber verflixt, Mr. Russo, was soll ich jetzt machen? Ich kann nicht zum College gehen und nebenher für das, was ich im Club in ein paar Stunden die Woche verdiene, anderswo halbtags arbeiten, und das jeden Tag die Woche.« Er schüttelte den Kopf. »Ich finde, ich sollte für Mom sorgen, und nicht sie für mich. Seit Jahren hat sie wohl kaum mehr geschlafen, denn sie versucht, gleichzeitig ihr Studium zu beenden, als Buchhalterin für mehrere

Firmen zu arbeiten und am Wochenende den Abschleppwagen zu fahren. Die Sache mit dem Abschleppwagen macht mir am meisten Sorgen. Sie ist gefährlich. Aber Mom will ja nicht hören. Sie will absolut, daß ich zum College gehe und dann an der Universität Medizin studiere.«

»Möchtest du denn Arzt werden?«

»Ja sicher, davon träume ich schon, seit ich denken kann, aber deshalb darf Mom ihr Leben nicht riskieren; das ist es nicht wert. Das Geld, das sie verdient, wenn sie für Hub Lovell fährt, geht in meine Ausbildung oder meine Kleidung, die ich für die Schule brauche. Ich kann mich nicht erinnern, daß sie mal irgend etwas Ordentliches für sich selbst gekauft hätte. Ich würde sie gerne mal in einem tollen Kleid von Ives Saint Laurent sehen. Und schauen Sie sich das an.« Jon deutete auf das Haus. »Es fällt uns bald über dem Kopf zusammen. Mit dem, was ich beim Tanzen verdiene, könnte sie aufhören, sich mit Unfallautos rumzuschlagen. Sie sollte das alles etwas leichter nehmen.«

»Chris ist schon ganz in Ordnung, Jon.«

»Ist sie auch. Sie ist großartig. Aber, Mann, dickköpfig ist sie! Ich wünsche, ich wüßte, wie ich sie überreden kann, mich weiter im Club arbeiten zu lassen.« Jons Stirnrunzeln verschwand, und plötzlich lächelte er hoffnungsvoll. »Vielleicht können Sie sie überreden, Mr. Russo! Sie sind einer der angesehendsten Geschäftsleute in Houston. Sal hat mir erzählt, daß Sie bei einem halben Dutzend Banken der Stadt im Aufsichtsrat sitzen. Ich wette, daß sie auf jemand wie Sie hört.«

»Ich kann es versuchen, aber wenn sie herausfindet, daß das *Le Bœuf* in Wirklichkeit mir gehört, wird ihre Meinung von mir nicht mehr sehr hoch sein.«

Jon grinste. »Dann werden wir ihr das einfach nicht erzählen, nicht wahr?«

Nick zögerte. Er haßte es, in die Streitigkeiten anderer Leute verwickelt zu werden, aber Jon erinnerte ihn so sehr an sich selbst, als er achtzehn gewesen war, daß er ihm die Bitte nicht abschlagen konnte. Er hatte als Tänzer im *Le Bœuf* in Chicago angefangen. Seine Mutter war auch nicht einverstanden gewesen, aber das, was er dort in den fünf Jahren, in denen er aufgetreten war, verdient hatte, hatte für die Collegegebühren gereicht, und mehr noch. Seine Auftritte hatten ihm so viel Geld eingebracht, daß er den Club kaufen und seine Familie ernähren konnte, nachdem sein Vater gestorben war. Er hatte in verschiedenen Städten ein weiteres Dutzend Clubs eröffnet und vor ein paar Jahren alle Lokale bis auf das in Houston wieder verkauft.

Ja, er wußte genau, wie es Jon zumute war. Außerdem hatte er seine eigenen Pläne mit Chris. Und der Gedanke daran, daß sie den Abschleppwagen fuhr, gefiel auch ihm nicht.

Chris kam gerade die Treppe herunter, als Jon und Nick Russo das Haus betraten. Jon lief die Treppe hinauf; er nahm zwei Stufen auf einmal. »Morgen, Schönste«, sagte er, drückte Chris einen Kuß auf die Wange und wollte weiter in sein Zimmer eilen.

Sie packte ihn am Handgelenk und hielt ihn fest. »Der Morgen ist vorbei, und wir haben miteinander zu reden!«

»Aber du hast jetzt Besuch«, wandte Jon ein und deutete mit dem Kopf auf Nick. »Und ich brauche eine Dusche.«

Chris seufzte resigniert. »Laß das Wasser nicht zu lange laufen«, rief sie ihm nach, während er die letzten Stufen hinaufsprang.

Nick starrte mit offenem Mund auf die Frau mit dem hübschen Gesicht. Chris war noch viel schöner, als er sie in Erinnerung gehabt hatte. Ihr Haar war nicht zu einem Knoten hochgesteckt wie am vergangenen Abend, sondern fiel offen in lockiger Mähne über ihre Schultern. Das ölbefleckte Poloshirt und die Jeans waren verschwunden. In ihrer blaßrosa Hose und dem Pullover sah sie aus wie Zuckerwatte, so süß und zart, daß er fürchtete, sie könne zergehen, wenn er sie berührte . . . oder küßte.

Und genau das wollte er! Und wie er das wollte! Es juckte ihm in den Händen, und das Wasser lief ihm im Mund zusammen. Als Chris ihre süßen roten Lippen öffnete, spürte er, wie ihn von Kopf bis Fuß prickelnde Schauer überliefen.

Chris befeuchtete ihre trockenen Lippen mit der Zunge, während sie auf Nick hinuntersah. Er schien sie geradezu mit Blicken zu verschlingen. Unter dem offenen Kragen seines Baumwollhemdes war ein Stück dunkel behaarter Brust *ohne* Goldkette zu sehen. Das locker sitzende Hemd und die Leinenhose ließen Nicks muskulöse Gestalt erkennen, die der Maßanzug verborgen hatte.

Er war der Inbegriff männlicher Schönheit und Stärke, ein unter Höflichkeit versteckter Vulkan. Er war gefährlich!

Chris' Knie wurden weich, und prickelnde Schauer krochen ihr den Nacken hoch. Ihr Atem stockte, als sie sah, wie Nick die Lippen zusammenpreßte und nervös die Finger verschränkte.

Als sich ihre Blicke trafen, ging etwas Seltsames in Chris vor. Sie spürte etwas wie Ohrensausen, eine unerklärliche Benommenheit im Kopf, und ein eigenartiges Gefühl befiel sie. Es war, als ob sie beide in einer riesigen schillernden Seifenblase gefangen wären und vom Wind davongetragen würden.

Chris fühlte sich von Nick angezogen, von seinen dunklen Augen wie hypnotisiert, von seinen Blicken wie entkleidet und liebkost. Er glühte; sie glühte. Eine heiße Welle durchströmte ihren Körper. Ihr Puls schlug höher.

Sie hörte einen leisen Ton, wie ein Stöhnen oder ein Murren. Kam es von ihr oder von ihm?

Chris schloß die Augen, schüttelte sich und atmete schnell. Was war nur los mit ihr? Du lieber Himmel, sie wußte, was los war, wollte es aber nicht wahrhaben. Unmöglich. Wie konnte sie, eine Frau, die seit Jahren das Leben einer Nonne führte, sich so von einem Mann beeindrucken lassen? Vielleicht warteten in seiner Villa in River Oaks eine Frau und sechs Kinder auf ihn. Es war lächerlich. Sie hatte seit ihrer ersten Zeit mit Curt nichts mehr für einen Mann empfunden. Sie hatte sich schon fast eingeredet, daß ihre Reaktion auf Nick am vergangenen Abend pure Einbildung gewesen war.

»Mom, ich dreh' jetzt das Wasser an«, rief Jon von der Badezimmertür her nach unten.

Chris öffnete die Augen. Erleichtert, wieder auf den Boden der Wirklichkeit zurückgeholt worden zu sein, lief sie die letzten Stufen hinunter an Nick vorbei in die Küche. »Entschuldigen Sie.« Während sie eine Pfanne auf den Kühlschrank stellte, versuchte sie sich einzureden, daß es nur eine flüchtige Gefühlsduselei gewesen war, was sie eben befallen hatte. Vielleicht spielen meine Hormone verrückt, oder ich habe aus Mangel an Übung Ärger mit sexueller Erregung verwechselt, beschwichtigte sie sich selbst. Auf jeden Fall hatte sie nicht vor, auf jemanden hereinzufallen, der ganz offensichtlich ein Ladykiller war.

Ganz bestimmt *nicht*, versicherte sie sich, während sie einen hohen Hocker mit den Zehen packte, in die Mitte der Küche zog und einen Kochtopf daraufknallte. Ganz bestimmt *nicht*.

»Was in aller Welt machen Sie da?« fragte eine tiefe Stimme von der Küchentür her, als Chris eine Plastikschüssel auf den Fußboden stellte.

Sie drehte sich schnell um. Nick stand gegen den Türrahmen gelehnt, die Hände in den Taschen, und sah Chris verblüfft an.

»Jon duscht gerade.«

»Und?«

Wassertropfen formten sich an der Decke und fielen dann genau in die aufgestellten Gefäße, erst langsam, dann schneller, bis es fast wie Musik klang: Ta, tum, ta tum. Ta, ta, ta, tum.

»Ja, ich habe ein kleines Problem mit den Wasserleitungen.« Sie zuckte die Achseln.

»Ein kleines Problem? Es ist ein Wunder, daß die Decke noch nicht ganz heruntergekommen ist. Das muß repariert werden.«

»Das lassen Sie mal *meine* Sorge sein, Mr. Russo. Warum sind Sie hier? Ich fahre den Abschleppwagen sonntags normalerweise nicht, aber . . .«

»Nick«, unterbrach er ihr aufgeregtes Geplapper. Er verzog den Mund zu einem Anflug von einem Lächeln. »Ich glaube, nach dem, was gerade auf der Treppe passiert ist, können Sie mich wenigstens Nick nennen.« Seine Stimme war rauh.

»Ich weiß nicht, wovon Sie reden!« Chris sah zur Decke, dann rückte sie den Hocker mit dem Kochtopf ein paar Zentimeter nach links. »Wie ich schon sagte, ich fahre den Abschleppwagen normalerweise nicht am

Sonntag, aber, wenn's dringend ist . . .« Sie runzelte die Stirn. »Woher wissen Sie, wo ich wohne?«

»Sal hat es mir gesagt. Sie brauchen den Rolls heute nicht abzuschleppen. Ich habe ihn wieder in Gang gebracht und dachte, Sie hätten Lust, auf eine Spazierfahrt mitzukommen.«

Chris geriet fast in Panik. Nur weil er so anziehend wirkte und aussah, als käme er aus einem Gemälde von Michelangelo, würde sie sich noch lange nicht auf einen solchen Charmeur einlassen. Solche Typen waren Eintagsfliegen. Sie traute ihnen nicht über den Weg. Hatte sie nicht bei Curt Ponder Lehrgeld gezahlt?

»Wir könnten irgendwo zu Mittag essen«, schlug Nick vor.

Er schien so arglos und aufrichtig, daß sie fast versucht war, nachzugeben. Dann jedoch wurden ihre Augen schmal. »Ich gehe nirgendwohin mit Ihnen, Mr. Russo!«

»Nick.« Er lächelte sie zärtlich an. »Warum nicht?«

Das Plitsch-Platsch von der Decke war nichts gegen das Pochen in ihrer Brust. »Was ist mit Ihrer Frau und Ihren Kindern?«

»Ich habe keine Frau.« Sein Blick, der auf ihrem Gesicht geruht hatte, wanderte zu ihren Brüsten, die sich mit jedem Atemzug hoben und senkten. »Und keine Kinder.«

Chris nahm einen Korb voll schmutziger Wäsche vom Küchentisch, einem verschrammten Souvenir von der Heilsarmee, den sie blau wie ein Rotkehlchenei angestrichen und auf antik getrimmt hatte, um seine schlimmsten Macken zu verbergen. »Tut mir leid. Vielleicht ein andermal. Jetzt muß ich in die Wäscherei.«

Nick nahm ihr den Korb aus den Händen und lächelte. »Ich bring' Sie hin.«

Weder der Kampf um den Korb noch irgendein Argument, das Chris vorgebracht hatte, hatte Nick dazu bewegen können, ihr die Wäsche zu überlassen. Auch als sie in der Wäscherei angekommen waren, blieb er eisern.

Er lächelte einfach nur auf seine rätselhafte Art und sagte: »Ich mache das schon! Entspannen Sie sich nur!«

So blieb Chris nichts anderes übrig, als untätig zuzusehen und plaudernd ihre Verlegenheit zu überspielen, während er anfing, die Sachen schnell in vier verschiedene Maschinen zu sortieren. So gutaussehend und teuer gekleidet wie er war, wirkte Nick hier lächerlich fehl am Platze. Leute wie er wuschen keine Wäsche. Sie schnippten mit den Fingern, und die Wäsche verschwand auf dieselbe geheimnisvolle Weise, wie sie wieder sauber gestapelt in die Schubladen oder ordentlich aufgehängt in die Kleiderschränke kam.

Chris wollte nicht mit ihm zusammen in der Wäscherei gesehen werden, und noch weniger wollte sie ihn in ihrem Leben, schon gar nicht in ihrem Privatleben. Und schmutzige Wäsche war etwas sehr Privates, etwas ganz Intimes. Sie enthüllte den Lebensstil eines Menschen, sogar Geheimnisse. Chris wollte nicht, daß Nick ihre zerfransten Frotteetücher sah, die einmal sehr teuer gewesen waren, oder ihre geflickten, verwaschenen Bettücher.

Entsetzt sah sie zu, wie er anfing, ihre Unterwäsche zu sortieren. Die meisten Stücke waren mit ihrer ausgefransten Spitze und den schlaffen Gummis traurige Zeugen von besseren Zeiten; andere, neuere Teile vom Warenhauswühltisch sahen kaum besser aus. Chris wandte sich ab und schluckte das Gefühl der Demütigung, das sie zu überwältigen drohte, hinunter.

Warum ließ er sie nicht in Ruhe? Jahrelang hatte sie unter Demütigungen zu leiden gehabt, so daß es ihr für den Rest ihres Lebens reichte. Sie konnte nicht noch mehr ertragen. Was wollte er von ihr? Wollte er sie absichtlich in Verlegenheit bringen?

Nein, das sollte ihm nicht gelingen! Sie würde es nicht zulassen. Chris straffte ihre Schultern, wirbelte herum. »Geben Sie her«, zischte sie, riß Nick einen BH aus der Hand und stopfte ihn in die Maschine.

Nick pfiff vor sich hin, während er Waschmittel in die Maschinen füllte; Chris kochte. »Ich habe schon öfter Damenunterwäsche gesehen«, sagte er und steckte Münzen in die Schlitze.

»Das glaube ich Ihnen gerne.« Ihr Ton war frostig.

Er lächelte gelassen. »Ich bin als eines von sieben Kindern mit vier Schwestern aufgewachsen.« Er nahm Chris bei den Schultern, schob sie von der Maschine weg, die die persönlichsten Kleidungsstücke enthielt, stellte das kalte Wasser an und warf das nötige Kleingeld ein. »Ich habe das *oft* gemacht.«

Er lehnte sich gegen die Maschine, kreuzte die Arme über der Brust und lächelte, so daß das Grübchen in seiner Wange wieder da war. »Wenn es Sie erleichtert, dann können Sie ja zu mir nach Hause kommen und meine Boxershorts waschen.«

Ihre Nasenflügel bauschten sich, und ihre Augen wurden weit. Er hielt das Ganze wohl für ein lustiges Spielchen. Wenn er dachte, daß sie auf seine schönen Augen und seine zweideutigen Anspielungen hereinfiele, dann mußte er übergeschnappt sein! Für ein paar Groschen in den Waschautomaten würde sie noch lange nicht mit ihm ins Bett hüpfen. Sie war keine von denen, die sich an einem Nachmittag vernaschen ließ.

»Wofür halten Sie mich eigentlich?« fragte sie.

Sein Lächeln wurde breiter. »Regen Sie sich nicht auf, kleine Tigerin. Ich wollte Sie nur ein bißchen necken.«

»Oh.« Chris kam sich albern vor, weil sie überreagiert hatte. Oder nicht? Auf jeden Fall mußte sie ihm klarmachen, daß sie nicht auf seine Schmeicheleien reinfallen würde.

Nick nahm sie am Arm und dirigierte sie aus dem Gebäude. »Ein paar Häuser weiter ist ein kleines aber gutes chinesisches Restaurant. Wie wär's mit einem kleinen Mittagessen in der Zwischenzeit.«

Als sie das Lokal mit dem für chinesische Restaurants charakteristischen exotischen Gerüchen betraten, wurden sie überschwenglich von einem zierlichen kleinen Asiaten begrüßt. »Mr. Russo, es ist uns eine Ehre, Sie heute zum Mittagessen hier zu haben.«

»Vielen Dank, James«, antwortete Nick und machte Chris mit dem Mann bekannt. »Mr. Wong sorgt dafür, daß wir das beste chinesische Essen in Houston servieren.«

Mr. Wong strahlte vor Stolz, als er sie zu einem Tisch mit Blick auf einen kleinen Garten führte, und auf ein Kopfnicken von ihm eilte ein Kellner mit eisgekühltem Wasser und einer Kanne Tee herbei.

Nachdem sie Hühnchen und Shrimps mit Cashew-Nüssen bestellt hatten, entschuldigte sich Nick einen Augenblick, und Chris nippte nachdenklich an ihrem Tee. Als er zurückkam, fragte sie: »Warum haben Sie gesagt, *wir* servieren das beste chinesische Essen? Gehört dieses Restaurant Ihnen?«

Er nickte und füllte ihre kleine Tasse auf.

»Haben Sie noch mehr solcher Lokale?« fragte Chris.

»Nein, eigentlich nicht. Aber meine Firma hat noch ein

paar französische, deutsche und griechische Restaurants in der Stadt.« Sein Grübchen vertiefte sich. »Ich habe sogar ein paar italienische, wenn Sie Nudeln mögen.« Er griff über den Tisch und legte seine Hand auf ihre, die auf der weißen Tischdecke ruhte. Er strich mit dem Daumen so sanft über ihr Handgelenk, daß sie fast wahnsinnig wurde, dabei ließ er ihr Gesicht nicht aus den Augen. »Wir werden ungefähr zwei Wochen brauchen, um sie alle auszuprobieren, und dann können Sie sich Ihr Lieblingslokal aussuchen.«

Chris verschluckte sich fast an ihrem grünen Tee, und ihr Herz klopfte wie ein Messinggong. Nick wiederzusehen, war das letzte, was sie plante. Sie war ein einfaches Mädchen aus Texarkana und hatte kein Interesse daran, mit einem Mann wie Nick auf Tuchfühlung oder noch näher zu kommen. Die prickelnden Schauer, die ihr wie Funksignale den Arm hochliefen, warnten Chris vor der Gefahr, sich Kummer einzuhandeln. Nein, Sir. Nicht mit ihr, nicht jetzt. Nicht in tausend Jahren. Auf keinen Fall. Für diese Art von Verhältnis war sie nicht geschaffen.

Chris zog ihre Hand so beiläufig wie möglich unter seiner hervor, griff nach ihrem Wasserglas und bemühte sich, höflich aber kühl zu wirken. »Ich fürchte, ich habe nicht genug Zeit, um öfter essen zu gehen, aber vielen Dank für das Angebot.«

Nick sah sie unverwandt aus seinen grauen Augen unter den dunklen Wimpern an, und ein Lächeln umspielte seine Lippen. Sein Blick schien ihr zu sagen, daß sie ihm nichts vormachen konnte. Er schien genau zu wissen, wie er auf sie wirkte, und genoß es offensichtlich. Er hätte wenigstens höflich genug sein können, so zu tun, als hätte er es nicht bemerkt!

»Wir werden Zeit finden«, sagte er in einem so

anzüglichen Ton, daß sich ihre Zehen in den rosafarbenen Turnschuhen zusammenkrampften. Der Kellner rettete sie. Noch nie hatte der Anblick einer Schüssel mit gebratenem Reis sie so erleichtert.

Als ob ihre Verlegenheit sein Mitleid erregt hätte, schien Nick seine Pläne, sie zu verführen, bis auf weiteres ausgesetzt zu haben, und während sie aßen, gab er sich charmant und unterhielt sich mit lustigen Geschichten von seiner großen Familie. Sie tranken noch eine Kanne Tee, während er Chris Informationen über ihr Leben entlockte, nette, unverfängliche Informationen, die sie jedem Fremden hätte erzählen können. Sie fand, daß sie sich prima mit Nick unterhalten konnte, wenn er nicht gerade eine Festung sah, die es zu nehmen galt.

Als Chris einen Blick auf die Uhr warf, stellte sie mit Entsetzen fest, daß schon drei Stunden vergangen waren. »Himmel! Meine Wäsche. Ich habe gar nicht gemerkt, daß wir schon so lange hier sitzen. Ich muß das Zeug in den Trockner stecken. Hoffentlich hat sich niemand mit meinen Sachen aus dem Staub gemacht.«

Chris wollte aufstehen, aber Nick hob seine Hände. »Nur die Ruhe. Es ist alles erledigt.«

Sie runzelte die Stirn. »Was meinen Sie damit?«

»James hat seine Tochter zur Wäscherei geschickt. Ich vermute, daß inzwischen schon alles gefaltet in meinem Wagen liegt.«

Chris schloß die Augen und seufzte. Sie hatte das Gefühl, als hätte ganz Houston heute ihre abgetragene Unterwäsche gesehen. Sie wußte nicht, ob sie sich unter den Tisch verkriechen oder Nick danken sollte. Schließlich gewann ihre gute Kinderstube die Oberhand.

»Danke«, murmelte sie. »Ich muß jetzt wirklich gehen. Ich muß für die Prüfung morgen lernen.«

»Was für eine Prüfung?« fragte er, während er ihren Stuhl zurückzog, als sie aufstand.

»Buchführung. Ich bin fast fertig mit meinem Studium.«

»Das ist wunderbar. Buchführung ist nicht so gefährlich wie ein Abschleppwagen.«

Ärger überkam Chris. »Ich fahre den Abschleppwagen *gerne*, Mr. Russo.« Damit gedachte sie einen Strich unter die Angelegenheit zu ziehen. Sie hatte es satt, sich wegen dieser Tätigkeit verteidigen zu müssen.

»Aber Sie müssen zugeben, daß es gefährlich sein kann.«

Sie sah ihn wütend an. »Ich gebe gar nichts zu!«

Als sie das Restaurant verließen, wartete James Wong an der Tür und gab Nick diskret seine Autoschlüssel zurück. Chris fragte sich unwillkürlich, ob seine Tochter ihm wohl von dem ausgeleierten Gummi ihres besten BHs erzählt hatte. Sicherlich nicht. Aber sie brachte es nicht fertig, ihm in die Augen zu sehen, während sie ihm mit einem verlegenen Lächeln Komplimente über das gute Essen machte.

Als sie zu dem alten Rolls-Royce kamen, stand der Korb mit der ordentlich gefalteten Wäsche auf dem Rücksitz. Zum Glück lagen die Bettücher obendrauf. Was Chris weniger gefiel, war, daß sowohl Jons als auch ihre eigenen Jeans auf Kleiderbügeln drapiert auf der Rücklehne lagen.

Auf dem Heimweg unterhielten Chris und Nick sich darüber, wie gut der Wagen trotz seiner fünfzig Jahre noch fuhr. Nick erzählte von den drei anderen klassischen Rolls-Royce-Modellen seiner Sammlung.

»Ich möchte sie Ihnen gerne einmal zeigen«, sagte er.

»Vielleicht ein andermal.« Ihre Antwort war absichtlich ausweichend. Sie hatte nicht vor, Nick wiederzusehen. In ihrem Leben war kein Platz für ihn. Sie mußte sich um ihr Studium, ihre Arbeit und um Jon kümmern. Das war genug. Mehr als genug.

»Welches Restaurant möchten Sie denn morgen ausprobieren? Das griechische ist gut. Ich glaube, das wird Ihnen gefallen.«

»Es tut mir leid. Ich muß morgen abend arbeiten.«

»Ich dachte, Sie fahren den Abschleppwagen nur am Wochenende.«

»Ja, außer bei Regen, oder wenn etwas Besonderes anliegt. Aber ich habe noch andere Verpflichtungen, und die Montagabende verbringe ich immer in einer Arztpraxis.«

Nicks Augen wurden schmal. »So, und was machen Sie da? Abends in einer Arztpraxis. Die Sprechstunde dürfte dann doch längst vorbei sein, denke ich.«

Verblüfft von der Schärfe seines Tones, sah Chris ihn einen Augenblick schweigend an. Dann dämmerte ihr, was er sich womöglich vorstellte. Das war ja fast zum Lachen. Sie wußte nicht, ob sie sich beleidigt oder geschmeichelt fühlen sollte. Ausgerechnet sie, der nichts ferner lag, als eine heimliche Affäre zu haben. Die Vorstellung, daß sie womöglich in schwarzen Strümpfen und Spitzenstrumpfhaltern regelmäßig einmal die Woche einen Arzt nach der Sprechstunde in dessen Praxis aufsuchte, um ihn dort zu verführen, hätte sie fast laut auflachen lassen.

»Sie meinen, ich mache Doktorspiele?« Chris konnte nicht widerstehen, Nick aufzuziehen. »Nun, ich muß zugeben, daß Dr. Holder sehr attraktiv ist und wir uns sehr nahestehen.« Sie wickelte eine blonde Strähne um ihren Finger und setzte ein schüchternes Lächeln auf.

Nick fand das gar nicht witzig. »Ich wüßte nichts, was der Doktor besser für Sie tun könnte als ich.« Er musterte sie von oben bis unten, so daß sie Gänsehaut bekam.

Chris war nicht mehr zum Spaßen zumute. »Sehen Sie, nur weil ich einen Abschleppwagen fahre, bin ich noch lange kein Straßenmädchen. Dr. Karen Holder ist eine meiner besten Freundinnen. Ich führe ihre Bücher. Ich arbeite für mehrere kleine Unternehmen als Buchhalterin; ich fahre Abschleppwagen; ich gehe zur Schule. Ich habe keine Zeit auszugehen.«

Der Anflug eines Lächelns umspielte seine Lippen. Auf seinem Gesicht spiegelte sich Erleichterung. »Ich habe Sie nie für ein Straßenmädchen gehalten. Wie wär's mit Dienstagabend?«

Chris schüttelte den Kopf. »Studientag.« Begriff der Mann denn gar nichts?

»Mögen Sie überbackene Kalbsschnitzel?«

»Ja, sehr, aber was soll das jetzt?«

Sie bogen in die Einfahrt, und Nick wandte sich Chris zu. »Meine überbackenen Kalbsschnitzel sind sündhaft gut. Ich komme rüber und koche, während Sie lernen! Einmal müssen Sie Pause machen und etwas essen.«

»Die Wettervorhersage kündigt für Dienstag Regen an. Wenn es regnet, bin ich mit dem Abschleppwagen auf der Straße.«

»Ich komme mit.«

Chris seufzte. »Nick...«

Er legte ihr einen Finger auf den Mund. »Geben Sie's auf, Chris. Sie werden mich nicht mehr los!«

3

Am Dienstagnachmittag um fünf Uhr stand Chris vor ihrer Haustür und beobachtete die dunklen Wolken, die über ihr am Himmel aufzogen. Sie sahen wie riesige, feindselige Götter aus, aufgeblasen und unheilvoll, aber nicht bereit, das Wasser, das sie enthielten, freizugeben. Sie schienen Chris, die eine Sintflut herbeiflehte, zum Narren zu halten. Es lang etwas in der Luft. Chris konnte es aus dem schweren Gemisch von Frühlingspollen und Abgasen des Feierabendverkehrs herausriechen.

»Es soll regnen, verflixt!« rief sie zum Himmel hinauf. Aber die einzige Antwort war ein feuchter Wind, der um ihre Wangen wehte und ihr Haar zerzauste.

Ein verheerender Wolkenbruch könnte ihr heute abend genug Geld für die Reparatur der Rohrleitung einbringen. Vielleicht war es nicht recht, einen solch schrecklichen Regen herbeizuwünschen, aber es war nicht ihre Schuld, daß manche Idioten es nicht lassen konnten, ihre Autos auf überschwemmten Straßen unter Wasser zu setzen. Irgend jemand mußte sie herausziehen; also warum nicht sie?

Außerdem würde der Regen ihr einen Grund liefern, Nick aus dem Weg gehen zu können. Ihre Freundin Karen, die Ärztin, die ständig versuchte, ihr einen Mann anzudrehen, wäre entsetzt über einen solchen Gedanken. Sie war entzückt gewesen, daß Chris jemand kennengelernt hatte, der so interessant, so sexy war, und sie hatte ihr alle Details entlockt, während sie an ihren Büchern arbeiteten. Chris hatte vergeblich versucht, ihr klarzumachen, daß sie und ein Mann wie Nick nicht zusammenpaßten.

»Er muß ein Prachtstück sein«, hatte Karen gesagt. »Wenn ich einen Mann finden könnte, der mir meine Wäsche macht, würde ich augenblicklich zugreifen.«

Chris hatte in der vergangenen Nacht von Nick geträumt. Sie konnte sich nicht mehr an die Einzelheiten dieses Traums erinnern; sie wollte es auch gar nicht. Sie wollte auch überhaupt nicht mehr an Nick denken. Aber sie tat es. Oft.

Sie hörte Jon asu dem Haus kommen. Wenig später legte er ihr seinen Arm um die Schultern. »Meinst du, es gibt Regen?«

Chris zuckte die Achseln und legte ihren Arm um seine Hüfte. »Hoffentlich.«

»Mom. Ich wünschte, du würdest auf mich hören. Wenn du . . .«

»Das Thema ist beendet, Jon. Ich *werde* weiter den Abschleppwagen für Hub fahren, und ich verbiete dir kategorisch, wie ein nackter Deckhengst in diesem schmierigen Club herumzuscharwenzeln.«

»Ich war nicht nackt. Ich hatte immerhin einen . . .«

»Das Thema ist beendet, Jon.«

»Mom, du scheinst nicht zu begreifen, daß ich kein kleiner Junge mehr bin. Ich bin ein erwachsener Mann.«

»Dann benimm dich auch so!«

Er seufzte und zog seinen Arm zurück. »Ich gehe zur Bibliothek und arbeite an meinem Semesterreferat. Ich hab's eilig.« Er gab ihr einen flüchtigen Kuß auf die Wange.

Während sie zusah, wie er zu seinem Camaro ging, den er und Hub Lovell aus vielen Schrotteilen vom Autofriedhof zusammengesetzt hatten, wurde ihr ganz warm ums Herz. Auch wenn sie es nicht wahrhaben wollte; Jon wuchs heran. Bald würde er von zu Hause weggehen. Sie lehnte ihren Kopf gegen den verwitterten Türpfosten, schloß die Augen und kämpfte gegen die Tränen an, die sie jedesmal überwältigten, wenn sie daran dachte. Trotzdem kullerten ein paar der Tränen über ihre Wangen, während Szenen aus seiner Kindheit in ihrer Erinnerung aufblitzten.

»Was ist los?« fragte eine tiefe Stimme.

Chris öffnete die Augen und sah Nick mit einer Einkaufstüte in jeder Hand am Fuß der Treppe stehen. Er hatte die Ärmel seines weißen Hemdes aufgekrempelt und die Stirn sorgenvoll gerunzelt.

Chris lachte verlegen und wischte sich die Wangen mit dem Handrücken ab. »Nur eine sentimentale Mutter. Manchmal habe ich Schwierigkeiten damit, mich an den Gedanken zu gewöhnen, daß Jon fast ein Mann ist.«

»Nicht fast. Jon *ist* ein Mann.«

»Aber er ist erst achtzehn.«

»In dem Alter war ich längst auf mich selbst gestellt. Sie werden ihn auch gehen lassen müssen.« Nick stieg die Treppe hinauf und stieß die Haustür mit dem Ellbogen auf.

Seine Worte ärgerten Chris. Wie konnte er als Fremder es wagen, sich in ihre Angelegenheiten zu mischen? Er hatte keine Ahnung, was sie alles mitgemacht hatte, keine Ahnung, was es hieß, ein Kind großzuziehen. »Das verstehen Sie nicht«, sagte sie, als sie in den Flur trat, der dringend einen neuen Anstrich gebraucht hätte. »Er ist meine Lebensaufgabe gewesen, seit er fünf Jahre alt war.«

»Und sein Vater?«

»Curt? Daß jemand in der Lage ist, ein Kind zu

zeugen, macht noch keinen Vater. Jedenfalls hat er sich nach einem Jahr Ehe nicht mehr oft sehen lassen.«

»Er muß verrückt gewesen sein.«

Chris zuckte die Schultern, was bedeutete, daß das Thema für sie erledigt war. Sie wollte weder über Curt sprechen noch an ihn denken, und tatsächlich war er ihr jahrelang nicht mehr in den Sinn gekommen. Bis vor kurzem.

War es, weil Jon ihm immer mehr glich? Oder hatte die Begegnung mit Nick die Erinnerung aufgewühlt? Es gab Ähnlichkeiten zwischen Curt und Nick. Äußerlich natürlich nicht, aber beide Männer hatten einen unwiderstehlichen Charme, strahlten eine Sinnlichkeit aus, die entwaffnend wirkte. Das war es, was ihr solche Angst machte. Hinter Curts ansehnlicher Fassade und der schier magischen Anziehungskraft seiner Persönlichkeit hatte sich die Seele eines Schurken ohne Moral versteckt. Obwohl ihr der Gedanke widerstrebte, hielt sie es für durchaus möglich, daß Nick aus demselben Holz geschnitzt war. Sie würde auf der Hut sein müssen.

Chris wurde sich des schäbigen Aussehens ihres Hauses peinlich bewußt, als sie durch den Flur in die Küche gingen und ihre Schritte auf den nackten, ausgetretenen Eichendielen hallten. Curt, der immer auf der Jagd nach leicht verdientem Geld gewesen war, hatte Chris eines Tages überredet, ihre gesamten Ersparnisse in dieses alte Haus zu stecken. Geplant gewesen war, einzuziehen, es wieder herzurichten und dann mit riesigem Gewinn zu verkaufen. Das einzige Problem war, daß Curt nach ein paar Wochen das Interesse an dem ›Projekt‹ verloren hatte, als er nämlich festgestellt hatte, wieviel Arbeit und Geld für die Renovierung nötig gewesen waren. Er hatte einen neuen Weg zu schnellem Reichtum gesucht und es Chris allein überlassen, das Haus bewohnbar zu machen, ein fast aussichtsloses Unterfangen angesichts der begrenzten, verfügbaren Mittel.

Sie hatte Flohmärkte abgegrast, Vorhänge aus ausrangierten Bettlaken genäht, eimerweise Farbe auf die fahlen, kohlkopfgroßen Rosen auf der schmutzigen Tapete geklatscht. Geholfen hatte es kaum; es war und blieb ein altes viktorianisches Haus, das seine Blütezeit hinter sich hatte und das – wenn überhaupt – nur mit sehr viel Geld und Liebe wieder schön gemacht werden konnte. Kein Wunder, daß Curt es fast umsonst bekommen hatte. Das Haus sah nicht nur schrecklich aus, es hatte auch noch schlechte Strom- und Wasserleitungen. Und Termiten. Chris konnte sie praktisch im Schlaf nagen hören. Sie war darauf gefaßt, eines Tages wach zu werden und von den Wänden nur noch die Nägel vorzufinden. Aber die Termiten loszuwerden und den Schaden zu beheben würde mehr kosten, als das Haus wert war.

Das alte Monster hatte nur ein Gutes, es war nicht mit Hypotheken belastet, sondern ganz bezahlt. Wenn Chris durchhielt, bis sie ihre Prüfung hinter sich und eine Ganztagsstelle gefunden hatte, dann würde sie im nächsten Herbst, wenn Jon wegging, um an der Universität von Texas zu studieren, das Haus als Brennholz verkaufen, das Grundstück meistbietend versteigern und in eine moderne, praktisch eingerichtete Wohnung umziehen.

In der Küche versuchte Chris, Nick beim Auspacken der mitgebrachten Tüten zu helfen, aber er schickte sie an den blauen Tisch, auf dem ihre Bücher lagen. »Sie lernen!« sagte er. »Und ich mache das Abendessen! So war's ausgemacht.«

Nick stellte den Salat, den seine Haushälterin bereits vorbereitet hatte, in den Kühlschrank und goß ein Glas fertiger Bratensoße – von seiner Mutter gemacht – in einen Topf. Während es auf dem Herd brodelte, bereitete er das Kalbfleisch zu und beobachtete den über die Bücher gebeugten Lockenkopf. Sogar das unförmige, verwaschene blaue T-Shirt, aus dem Jon wahrscheinlich herausgewachsen war, sah an Chris gut aus. In ihrem aufgetürmten Haar steckte ein Bleistift, kleine Locken umrahmten ihr Gesicht und fielen über ihren zarten Hals.

Ihr Nacken hatte es ihm angetan. Er wollte diese hellen Locken hochheben und die zarte Haut mit seinen Lippen berühren. Aber er verdrängte den Wunsch und drehte das Kalbfleisch im Topf um.

Er wußte, daß Chris scheu war, und obwohl er nicht begriff warum, war ihm klar, daß er langsam und vorsichtig vorgehen mußte, um sie nicht zu erschrecken. Er wollte ihr näherkommen, ohne sich aufzudrängen. In den letzten zwei Tagen hatte er viel über sie nachgedacht, und er hatte mit sich kämpfen müssen, um sie nicht ein halbes dutzendmal anzurufen, nur um ihre Stimme zu hören.

Auch wenn sie es nie zugeben würde, brauchte sie jemand wie ihn. Sie war gar nicht so robust, wie sie vorgab. Unter ihrer stacheligen Schale steckte ein weicher Kern, den zu erforschen er ein ebenso großes Verlangen hatte wie danach, ihren Körper zu entdecken. Sie war anders als alle Frauen, die er bisher gekannt hatte.

Hinreißend. Ja, sie war einfach hinreißend.

Das würzige Aroma der Soße erfüllte die alte Küche. »Mmmm«, sagte Chris. »Das riecht köstlich.«

»Hungrig?«

»Bei dem Duft ja!« Sie lachte und streckte sich.

Etwas fiel von der Decke und klatschte in die Soße.

»Was zum Teufel ist das?« schimpfte Nick, als er den weißen Brocken auf der Tomatenmischung schwimmen sah.

Chris stand auf und spähte in den Topf. Sie unterdrückte ein Kichern und zeigte an die Decke. »Alles Gute kommt von oben. Ich habe vergessen, Ihnen zu sagen, daß Sie den Deckel immer auf dem Topf lassen müssen.«

»Mein Gott, Chris!«

»Nun regen Sie sich nur nicht auf. Das ist schließlich kein Weltuntergang«, sagte sie, während sie das Stück Gips aus der Soße fischte und es in den Mülleimer warf. »Ein bißchen Stuck tut niemandem weh.«

Nick schüttelte lachend den Kopf. »Sie sind köstlich.«

»Wirklich?«

Er strich mit dem Handrücken über ihre Wange. »Ja wirklich.«

Chris hatte das Gefühl, als ob ihre Turnschuhe plötzlich am Fußboden festklebten. Nick wandte seinen Blick nicht von ihrem Mund. Sie spürte ein Kribbeln auf den Lippen. Wollte sie etwa, daß er sie küßte? Wollte sie nicht, daß er sie küßte? Ihr Verlangen gewann die Oberhand, und sie neigte sich ihm entgegen. In diesem Augenblick schellte das Telefon.

»Nicht drangehen«, flüsterte er, während seine Lippen sich faszinierend langsam ihren näherten.

»Ich muß«, sagte sie und machte sich von dem seltsamen Bann, der sie gefangengehalten hatte, frei, als es zum zweiten Mal klingelte.

Hub Lovells tiefe Stimme tönte aus dem Hörer, als sie abhob. »Ich habe gerade die Meldung bekommen, daß in der Nähe von Sharpstown eine Überschwemmung ist. In Beechnut und auf dem Südwest Freeway steht das Wasser ungefähr einen Fuß hoch, und ich vermute, daß es in Fondren genauso schlimm ist. Willst du rausfahren? Aber ich glaube, du hast Besuch, oder? Ich kann Peavine anrufen, wenn du willst.«

»Nein, ich fahre. Ich komme sofort.« Sie legte auf und wandte sich zu Nick. »Es tut mir leid, aber wir müssen das Abendessen verschieben. Ich muß nach Sharpstown, dort sind die Straßen überschwemmt. Es wird Hilfe gebraucht.«

Chris stürzte auf den Wandschrank neben der Haustür zu und zog ihre Gummistiefel und die gelbe Regenjacke heraus.

»Ich komme mit«, sagte Nick.

Sie sah ihn eine Sekunde lang an, sah seine entschlossene Miene und zog ein zweites Paar Stiefel und noch eine gelbe Jacke aus dem Schrank. »Okay, Sie können Jons Sachen anziehen, aber Sie dürfen mir nicht im Weg stehen.« Sie zog eilig ihre Schuhe aus und stieg in die schwarzen Gummistiefel, die ihr bis zu den Knien reichten. »Stellen Sie den Herd ab, decken Sie den Topf zu, und kommen Sie mit!«

Nick kümmerte sich um den Herd und das Essen, dann folgte er Chris mit dem Regenzeug unter dem Arm im Laufschritt nach draußen. Sie liefen durch dichte Nebelschwaden auf die andere Straßenseite zu dem großen schwarzen Abschleppwagen, der zwei Häuser weiter in der Einfahrt stand.

Ein älterer Mann in Unterhemd und ausgebeulter Hose, deren Bund unter einem Bauch verborgen war, die

Haare nach der Mode der fünfziger Jahre glatt geschniegelt, hielt die Tür an der Fahrerseite auf. »Sei vorsichtig, Chris! Die Straßen sind glitschig.«

Sie gab ihm einen flüchtigen Kuß auf die Wange und stieg ein. »Ich paß schon auf. Geh rein. Das Wetter ist schlecht für deine Arthritis. Hub, das ist Nick.«

Die Männer nickten einander zu, und Nick hatte kaum Zeit, die Tür zu schließen, da schoß Chris schon aus der Einfahrt hinaus und schaltete während der Fahrt die gelben Blinklichter des Wagens ein. Aus den Lautsprechern in den beiden Seitentüren dröhnte, von Störungen und Krachen unterbrochen, der Polizeifunk.

»Gibt es in diesem Ding keine Sicherheitsgurte?« fragte Nick und stützte sich am Armaturenbrett ab, als sie eine Kurve schnitt.

»In einem Fahrzeug von dieser Größe ist es nicht Pflicht, aber ich glaube, sie stecken zwischen den Sitzen.«

Der Regen wurde stärker, als sie südwärts fuhren. Die Scheibenwischer schafften die Wassermassen auch bei Höchstleistung kaum, und Chris konnte nur mit Mühe die Markierungen auf der Fahrbahn erkennen. Sie raste den Freeway entlang, schlängelte sich durch den dichten Verkehr und schrie rücksichtslosen Autofahrern zu, ihr aus dem Weg zu gehen.

»Das ist fast Selbstmord.« Nick stöhnte, als Chris auf den Randstreifen ausscherte, um an der Ausfahrt zum Südwest Freeway einem langsam fahrenden Auto zuvorzukommen.

»Ich habe noch *nie* einen Unfall gehabt. Ich bin eine gute Fahrerin.«

»Wer hat Sie trainiert? Mario Andretti?«

Sie lachte. »Hub Lovell. In seinen besten Tagen wäre er Mario Andretti davongefahren.«

»Wer ist denn dieser Lovell eigentlich?«

»Er und seine Frau Evelyn sind meine Nachbarn und gute Freunde. Hub hat einen Autofriedhof und verkauft Ersatzteile, die er von defekten Wagen abmontiert. Nach Curts Tod habe ich angefangen, halbtags seine Buchführung zu machen. Dann habe ich festgestellt, daß ich mit dem Abschleppwagen am Wochenende viel mehr Geld verdienen konnte, und ich habe nicht lockergelassen, bis er mich angelernt hat.«

Chris fuhr langsamer, als sie vor der Abfahrt vom Freeway eine lange Schlange roter Schlußlichter sah, dann gab sie Gas und brauste davon. »Festhalten!« Sie bremste leicht und lenkte den Wagen in eine Rampe.

»Heiliger Gott! Chris!« schrie Nick. »Das ist eine Auffahrtsrampe!«

»Das ist meine einzige Chance, schnell da unten hin zu kommen. Außerdem kommt hier niemand durch. Die Unterführung weiter vorne ist überflutet.« Sie stoppte dort, wo das Wasser allmählich höher stand, zog ihren ›Slim Jim‹, eine Art Brecheisen, unter dem Sitz hervor, setzte einen Regenhut auf und sagte: »Ich bin gleich wieder da.«

»Ich komme mit.«

»Na gut, dann rollen Sie sich die Hosenbeine hoch und ziehen die Stiefel an! Ich kann nicht warten.« Damit ließ sie ihn im Führerhaus sitzen und verschwand durch das Wasser schlurfend in Richtung Unterführung auf der Suche nach ihrem ersten Auftrag.

Fünf oder sechs Abschleppwagen waren bereits im Einsatz, und eine Gruppe von Teenagern schob einen Cadillac aus dem schlammigen Wasser, das bis zur Hälfte zur Tür des Wagens reichte. Eine Frau mit blausilbrigem Haar, die wie fast siebzig aussah, saß am Steuer und schlug heftig gegen das Fenster.

»Was ist los?« fragte Nick, als er Chris eingeholt hatte.

»Ich nehme an, daß das elektrische System durch einen Kurzschluß zusammengebrochen ist, und sie hat Automatikfenster und Zentralverriegelung. Jetzt sitzt sie in der Falle.«

»Was kann man da machen? Die Fenster einschlagen?«

»Kommen Sie. Ich zeig es Ihnen.« Die Jugendlichen hatten den Wagen zu einer Stelle geschoben, an der das Wasser nicht so tief war.

»Bleiben Sie ruhig«, rief Chris der alten Dame zu. Sie setzte den ›Slim Jim‹, eine lange, dünne Metallstange mit Kerben, in der Höhe des Türschlosses an, rüttelte ein paarmal, und dann öffnete sich die Tür.

Die Frau im Wagen griff sich an die Brust und fiel in den Sitz zurück. »Mein Herz.« Sie rang nach Luft. »Schmerzen . . . Memorial Hospital . . . Dr. Rubenstein . . .«

»Bleiben Sie bei ihr«, sagte Chris zu Nick. »Ich funke nach einem Krankenwagen.«

Chris lief zum Abschleppwagen zurück, gab den Notruf durch und war in weniger als drei Minuten mit einer Decke wieder da.

»Mein Sohn . . . Daniel Slattery . . . mein Auto . . .«

»Machen Sie sich keine Sorgen«, sagte Chris und tätschelte die zarte Hand. »Ich kümmere mich um alles. Ruhen Sie sich aus. Der Krankenwagen ist unterwegs, und Dr. Rubenstein wird benachrichtigt.«

Zehn Minuten später sahen Nick und Chris die Ambulanz mit Mrs. Slattery an Bord in Richtung Krankenhaus davonbrausen. Chris holte den Abschleppwagen, nahm den Cadillac an den Haken und schleppte ihn zum nächsten Cadillac-Händler. Unterwegs stoppte sie an einem Supermarkt und rief Daniel Slattery an. Dann fuhren sie zu der Stelle zurück, an der weitere Autos bis über die Motorhaube unter Wasser standen. Chris watete mit anderen Abschleppwagenfahrern um die Wette durch die schmutzige Brühe, um an den gestrandeten Autobesitzern etwas Geld zu verdienen. Nick versuchte zu helfen, aber da das Geschäft neu für ihn war, konnte er Chris nicht viel zur Hand gehen.

Es war schon nach Mitternacht, als die beiden naß und schmutzig über die Straße trotteten, wo sie den Abschleppwagen abgestellt hatten, und die Stufen zu dem alten viktorianischen Haus hochkletterten. Der Wind hatte die Wolken weggefegt und einen fast vollen Mond am sternenklaren Himmel zurückgelassen. Es war ruhig in der Nachbarschaft, und die regenfrische Luft duftete nach jungem Frühlingsgrün und feuchter Erde.

»Meinen Sie, wir könnten das Kalbfleisch aufwärmen?« fragte Chris. »Ich habe schrecklichen Hunger.«

Nick lachte. »Ja, wenn die Decke nicht inzwischen auf den Herd gefallen ist.«

»Die Decke muß noch eine Weile halten. Ich habe heute abend nur zweihundert Dollar gemacht – nicht genug, um die Rohrleitung reparieren zu lassen.«

»Zweihundert Dollar?« Nick blieb wie angewurzelt stehen. »Die ganze Plackerei mit den Autos im dreckigen Schlamm, dazu die Stiche von im Wasser treibenden Ameisen, das alles für lausige zweihundert Dollar?«

»Tja. Es ist ein Jammer, nicht wahr? Heute abend gab es eine Menge Konkurrenz, und das Wasser lief ziemlich schnell ab.«

»Chris, Jon kann an einem Abend beim Tanzen mehr als zweimal so viel verdienen.«

Jetzt blieb Chris wie angewurzelt stehen. »Im Ernst, mehr als doppel soviel? Fürs Drehen und Herumscharwenzeln vor den kreischenden Weibern in dieser schummerigen Spelunke?«

Er nickte. »Er will es, und es ist nichts dabei. Es ist alles nur zum Spaß. Harmlose Unterhaltung. Wenn Sie nachgeben würden, könnte er tanzen, und Sie brauchten diesen Abschleppwagen nicht mehr zu fahren. Jon steht Todesängste aus, wenn Sie unterwegs sind. Er fürchtet, daß Ihnen einmal etwas passieren könnte. Er hält es für gefährlich. Und ich gebe ihm recht.«

»Nichts zu machen, Mister! Ich lasse nicht zu, daß er noch einmal auf diese Bühne geht. So nötig brauchen wir das Geld nicht. Ich komme schon zurecht.«

Sie saßen auf den Stufen vor der Tür und zogen sich die Stiefel aus. »Sie fahren ihn wirklich gerne, diesen Abschleppwagen, nicht wahr?« fragte Nick, während er ihre nassen Socken auf dem Treppengeländer aufhängte. »Sie lieben den Nervenkitzel.«

»Kann schon sein. Mein Leben ist meistens ziemlich langweilig.« Sie stand auf und ging barfuß zur Tür. »Möchten Sie duschen? Ich kann Ihnen ein paar von Jons Sachen geben.«

»Ich bin nicht so naß und schmutzig geworden wie Sie«, sagte er. »Ich wasche mich in der Küche und stelle unser Abendessen auf den Tisch, während Sie baden.«

»Das Angebot schlage ich nicht aus. Jetzt eine heiße Dusche wäre etwas Wunderbares!«

Sie gingen in die Küche, und Chris verstaute die Regensachen, dann kramte sie die Tropfenfänger aus. Halb bestürzt, halb amüsiert, verfolgte Nick kopfschüttelnd das Ritual: den Bräter auf den Kühlschrank, den Kochtopf auf den Hocker und die Spülschüssel auf den Fußboden.

Ein Leben mit Chris Ponder wird nie langweilig, dachte er, während er beobachtete, wie sie wie ein barfüßiges, heimatloses Kind in nassen Jeans und mit schmutzigem Gesicht die Treppe hinaufeilte. Sie steckte voller Überraschungen. Wie konnte jemand, der wie ein Engel aussah, hinter dem Steuer eines Abschleppwagens zum Dämon werden? Sie faszinierte ihn von Mal zu Mal mehr. Warum genoß sie die Aufregung am Steuer des Abschleppwagens so sehr? Ihre Augen hatten während der ganzen Zeit, die sie und er draußen verbracht hatten, geglänzt, als habe ihr Adrenalinspiegel einen Höchststand erreicht. Sie tat es nicht nur des Geldes wegen.

Fehlte etwas in ihrem Leben, daß sie so mit der Gefahr flirtete? Sie ging mit dem Abschleppwagen hart, aber herzlich um – wie mit einem Liebhaber, schoß es ihm durch den Kopf. Vielleicht brauchte sie einen echten Liebhaber. Nick lächelte vor sich hin. Diese Lücke würde er liebend gerne füllen.

Nick wusch sich am Spülbecken in der Küche und fing an, das Abendessen aufzuwärmen, die Geräusche, die er dabei machte, wurden von dem rhythmischen Auftreffen der Wassertropfen von der Decke in den Auffanggefäßen untermalt. Nick sah nach oben. Die Decke hängt schlimmer durch als meine Tante Rosa ohne Korsett, dachte er. Diese verflixte Rohrleitung wird repariert, und wenn ich es selbst tun muß.

Es störte ihn, daß Chris in einer solchen Bruchbude lebte und alte oder billige Kleider tragen mußte. Er hatte ihre Unterwäsche gesehen. Himmel, Chris verdiente es, in Seide und Spitze gehüllt zu werden. Er würde sein

Möglichstes tun, um sie dazu zu bringen, einen anderen Job zu suchen, damit sie mehr verdiente und von der Straße wegblieb. Er würde Carmine veranlassen, ihr bei sich einen Platz in der Buchhaltung zu schaffen. Wenn nötig, würde er ihr Gehalt aus eigener Tasche bezahlen, ohne daß sie jemals etwas davon erfuhr.

Als Chris schließlich in einem alten Jogginganzug und mit zu einem Pferdeschwanz zusammengebundenen, nassen Haaren die Treppe herunterkam, hatte Nick den Tisch gedeckt und mischte gerade den Salat mit einer Spezialsoße. Er rückte Chris den Stuhl zurecht, als sie Platz nahm, und goß den teuren Wein, den er mitgebracht hatte, in zwei mit Comicfiguren dekorierte ehemalige Marmeladengläser. Nach dem ersten Bissen vom Kalbfleisch war Chris begeistert. »Das ist phantastisch. Sie sollten ein Restaurant aufmachen, in dem Sie selbst kochen.« Sie grinste, nahm noch einen Bissen und sah dann zu Nick auf, der nur dasaß und sie anstarrte. »Wollen Sie nichts essen?«

»Ich sehe Ihnen lieber zu.« Er nahm einen Schluck Wein, ohne sie aus den Augen zu lassen.

Sie spürte, wie ihr sein Blick unter die Haut ging. »Essen Sie doch«, sagte sie. »Sie machen mich nervös, wenn Sie mich so ansehen.«

»Wie sehe ich Sie denn an?«

»Wie . . . wie . . .« Sie zog kaum merklich die Brauen zusammen. »Sie wissen genau, was ich meine. Ich bin an so was nicht interessiert! Essen Sie!«

»Sogar in dem schrecklichen Ding, das Sie anhaben, und ohne Make-up sind Sie die hübscheste Frau, die ich je gesehen habe.«

Chris legte ihre Gabel nieder und räusperte sich. »Nick, ich bin sicher, Sie wissen, daß Sie sehr gut, ja sogar sexy, aussehen, und die meisten Frauen würden sich überschlagen, um mit Ihnen ausgehen zu können. Aber eines sollte Ihnen klar sein, ich gehöre nicht zu diesen Frauen. Ich bin nicht an Spiel und Spaß im Schlafzimmer interessiert. Auch wenn Sie anderer Meinung sein sollten, ich bin einfach nicht der Typ dafür.«

Ein verschmitztes Lächeln umspielte seine Lippen und zauberte wieder das wundervolle Grübchen auf seine Wange. »Oh, Sie meinen, ich sei sexy?«

Chris stöhnte und verdrehte die Augen. »Haben Sie nicht gehört, was ich gesagt habe? Deutlicher kann ich es doch nicht machen. Ich bin nicht an einer Affäre interessiert! Nicht kurzfristig, nicht langfristig und nicht irgend etwas dazwischen!«

Nick hob eine Braue. »Habe ich etwas von einer Affäre gesagt? Ich dachte, wir würden Freunde.«

Chris kniff die Augen zusammen und sah ihn mißtrauisch an. »Nur Freunde? Strikt platonisch?«

»Wenn Sie es so wollen.«

»Ja, so will ich es.«

Sie lenkten die Unterhaltung auf unverfänglichere Themen, beendeten ihr Abendessen und räumten den Tisch ab.

»Gespült wird morgen; es ist schon so spät.« Chris nahm Nick die Teller aus der Hand und stapelte sie in dem zerbeulten, verrosteten Spülbecken. »Vielen Dank fürs Abendessen. Es war köstlich.« Sie drehte sich um und stieß mit Nick zusammen, der dicht hinter ihr gestanden hatte. Wie stark und breit seine Brust doch war. Und wie wundervoll geborgen und sicher man sich fühlen mußte, wenn man sich daranschmiegen würde. »Entschuldigen Sie.« Chris lachte nervös und versuchte einen Schritt zurückzuweichen.

Die Spüle blockierte ihr den Rückzug. Nick trat noch näher an sie heran. Sie spürte die Wärme seines Körpers, den Moschusduft seines Eau de Cologne. Chris schluckte und starrte auf den obersten Knopf seines Hemdes. Nick war so nah, daß ihre Brustwarzen sein feines weißes Hemd berührt hätten, hätte sie geatmet. Also atmete sie nicht. Sie starrte auf den Knopf, bis ihr schwindelig wurde.

»Chris, sieh mich an!«

Langsam hob sie den Kopf, bis sich ihre Blicke trafen. Seine Augen unter den langen Wimpern schienen dunkler als sonst.

»Ich werde dich küssen.« Seine Worte waren wie eine zarte Liebkosung, aber er machte keine Anstalten, die Hände zu heben und Chris zu berühren.

Sie zog zitternd den Atem ein, dann flüsterte sie: »Ich weiß.«

Als er sich zu ihr neigte und seine Lippen sich ihren näherten, zitterten ihre Knie, und sie suchte an der Spüle hinter sich Halt. Er strich mit seinen Lippen sacht über ihren Mund, so als wolle er ihr Zeit geben, sich an die Berührung zu gewöhnen. Chris klammerte sich an die harte Kante der Spüle, und ihr Herz begann wild zu schlagen.

»Fühl mal, wie du auf mich wirkst«, hauchte er dicht an ihren Lippen und legte ihre Hand auf seine Brust. »Mein Herz schlägt wie eine Trommel.«

»Ich dachte, es wäre meins, das so verrückt spielt.«

Er lachte leise, und ihr ganzer Körper vibrierte mit ihm. Er streichelte mit einer Hand ihren Arm, ihre Schulter, ihren Hals und hinterließ überall eine Gänsehaut, während seine Lippen wieder ihren Mund fanden und er sie küßte, entschlossen diesmal, leidenschaftlich.

Als Chris Nick stöhnen hörte, krallte sie sich wie elektrisiert an dem Stoff seines Hemdes fest.

Es kam ihr vor, als ächzte und bebte die Erde um sie herum, als stürzte der Himmel über ihnen ein, während sie sich dem köstlichen Gefühl seiner warmen, drängenden Lippen und des harten, muskulösen Körpers hingab. Das Dröhnen wurde noch lauter, und Chris spürte einen Sternenregen über ihren Köpfen niedergehen.

»Was, zum Teufel!« Nick sah nach oben und riß Chris, Sekunden bevor die Küchendecke auf den Boden krachte, zur Seite.

4

Chris stand an Nicks Brust gelehnt an der Küchentür und starrte zu dem klaffenden Loch hoch, wo einmal die Zimmerdecke gewesen war. Er schlang die Arme fester um sie. »Du hättest tot sein können«, brachte er zwischen ein paar heftigen Flüchen hervor.

Sprachlos sah sie zu, wie ein letztes Stück Gipsplatte abriß, einen Augenblick in der Luft hing und dann auf den Schutthaufen am Boden krachte. »O nein!« flüsterte sie und vergrub ihr Gesicht an Nicks Schulter.

Im oberen Stockwerk wurde eine Tür aufgerissen und zugeschlagen und dann polterte Jon die Treppe hinunter, einen Baseballschläger in der Hand und nur mit einer Unterhose bekleidet. »Was geht hier vor?«

Nick deutete mit dem Kopf in Richtung Küche.

Jon legte den Schläger über die Schulter, spähte in die Küche und betrachtete die Katastrophe. »Himmel und Hölle! Kein Wunder, daß ich von dem Krach wach geworden bin. Ich habe dir gesagt, daß uns dieser Haufen Müll einmal um die Ohren fliegt. Mom, du hättest dabei umkommen können!«

»Ich glaube, den Punkt hat Nick schon zur Genüge behandelt.« Chris' Herz klopfte immer noch rasend schnell, und ihr wurde beim Anblick der Trümmer allmählich übel. Sie versuchte, gleichmäßig zu atmen und biß die Zähne zusammen, um ein Schluchzen zu unterdrücken. Es gelang ihr nicht ganz.

Nick streichelte ihr über den Rücken und wiegte sie in seinen Armen. »Sch. . ., Liebes. Es wird alles wieder gut.«

Sein Hemd fühlte sich weich an unter ihrer Wange, und sie spürte seinen starken, regelmäßigen Herzschlag unter ihrer Hand. Es war so gut, daß er sie im Arm hielt, so tröstlich. Sie sog den Duft seines Körpers ein, beruhigte sich. Einen Augenblick wünschte Chris sich nur noch, für immer im Schutz seiner Arme bleiben zu können.

»Mom?« Jons Stimme klang besorgt.

Chris seufzte. Sie lächelte unsicher. »Mir geht's gut.«

»Dir geht es nicht gut«, widersprach Nick. »Du hast einen Schock bekommen und bist erschöpft. Und morgen früh hast du Vorlesungen. Am besten gehst du jetzt nach oben und legst dich ins Bett. Jon und ich werden das Gröbste beseitigen.«

»Er hat recht, Mom. Du siehst aus wie der wandelnde Tod. Wir schaffen das schon.«

Chris wollte protestieren, aber die entschlossenen Mienen der beiden belehrten sie eines Besseren. Jetzt, da der Adrenalinspiegel absank, spürte sie ihre Erschöpfung. »Vielen Dank«, sagte sie. »Wenn ich euch nicht hätte!«

Nach den Vorlesungen ging Chris zum Mittagessen zu ihrer Freundin. Mittwochs nachmittags hatte Karen Holder frei, und sie und Chris trafen sich dann, wenn sie es einrichten konnten. Heute freute sich Chris besonders auf die Abwechslung. Das gab ihr eine Atempause, bevor sie sich den Problemen von Wasserrohren, Stromleitungen und dem Loch in der Zimmerdecke stellen mußte. Die undichte Rohrleitung war schon schlimm genug gewesen; wie sollte sie jetzt einen Installateur, einen Zimmermann *und* einen Elektriker bezahlen?

Zum Glück haben Nick und Jon letzte Nacht wenigstens noch den schlimmsten Dreck weggeräumt, dachte Chris, als sie an Karens Haustür klingelte.

Nick. Sein Name zauberte ein Lächeln in ihr Gesicht, und die Erinnerung an seinen Kuß ließ ihr warm ums Herz werden. Er war anders als andere Männer und nicht der großtuerische Typ, für den sie ihn zuerst gehalten hatte. Er hatte das Feingefühl, das den meisten Männern – besonders den gutaussehenden, selbstsicheren – fehlte. Dabei war er der atemberaubend attraktivste und selbstbewußteste Mann, dem sie je begegnet war. Ein Blick von ihm aus zehn Meter Entfernung konnte sie bereits entwaffnen. Sogar jetzt, als sie sich an seinen Geruch, seinen Kuß erinnerte, fühlte sie ein prickelndes Kribbeln unter der Haut, und als sie die Augen schloß, spürte sie fast seinen Atem im Gesicht.

»Erde an Chris! Erde an Chris!«

Chris riß die Augen auf; Karen lehnte im Türrahmen, hatte die Arme über dem grünen Sweatshirt verschränkt und grinste sie an. Barfuß und in alten Jeans, mit frisch gewaschenem Gesicht und offenen Haaren wirkte Karen eher wie ein Teenager und nicht wie eine einunddreißigjährige Ärztin.

»Entschuldige.« Chris lachte verlegen. »Ich glaube, ich war gerade anderswo.«

»Und ich weiß auch wo. Hattest du nicht gestern deinen romantischen Abend?« Karen zwinkerte Chris zu.

»Wenn du einen Abend in knietiefem Wasser mit Abendessen nach Mitternacht und einer Zimmerdecke, die dir auf den Kopf fällt, romantisch nennen kannst, muß ich deine Frage mit ja beantworten.«

»Das klingt ziemlich kompliziert.« Karen schob einen

Arm unter den der Freundin. »Ich will jedes köstliche Detail hören. Das Interessanteste, was ich in letzter Zeit erlebt habe, war eine Operation am entzündeten großen Zeh des Bürgermeisters.«

Sie gingen durch das elegant eingerichtete Wohnzimmer auf die Terrasse, wo das Mittagessen auf dem Tisch stand. Zwischen Bissen von Hühnersalat berichtete Chris von den Ereignissen des Vorabends, ließ persönlichere Dinge weg und schmückte andere aus.

Karen grinste, als Chris von der herabstürzenden Zimmerdecke erzählte, und lachte dann laut auf. »Das ist der letzte Heuler!«

Auch Chris konnte sich das Lachen kaum verkneifen. »Jetzt klingt es lustig, aber ich sage dir, das war es gestern nicht. Es war ein Chaos. Nachdem er sich beruhigt hatte, war Nick sehr nett. Er hat . . .«

Karen sah ihre Freundin erwartungsvoll an. »Er hat was?«

Chris kickte ihre Schuhe weg, zog die Hosenbeine hoch, setzte die Fersen auf die Stuhlkante und schlang die Arme um die Knie. »Ich habe ein Problem«, sagte sie.

»Du meinst zusätzlich zu dem Loch in der Decke?«

Chris nickte. »Das ist schlimm genug. Aber das andere ist noch schlimmer. Es ist Nick. Ich fühle mich sehr zu ihm hingezogen.«

»Na und? Halleluja!« Karen schlug sich auf die Oberschenkel. »Es wurde auch allmählich Zeit! Ich dachte schon, du hättest vergessen, daß die Welt von zwei Geschlechtern bevölkert ist. Wo ist das Problem? Ist er verheiratet oder sonst was?«

»Nein, ich bin nur nicht sicher, ob ich mich noch einmal auf jemanden einlassen soll. Besonders auf einen Mann wie Nick.« Sie schwieg einen Augenblick. »Sein erster Blick hat mich mitten ins Herz getroffen, und die Wirkung hat nicht nachgelassen. Karen, ich habe Angst. Denk nur an den Schlamassel mit . . .«

»Mit dem charmanten Curt? Dieser Bastard! Jedesmal wenn ich daran denke, was du mit ihm durchgemacht hast, packt mich die Wut. Das einzig Gute, was er je für dich getan hat, war, sich von einer seiner ominösen Verbindungen aufknüpfen und in den Atlantik werfen zu lassen. Wer weiß, in was er alles verwickelt war! Ich habe nie begriffen, warum du die ganzen acht Jahre bei ihm geblieben bist.«

»Du weißt, warum.«

»Ja, sicher, weil der Kerl seinen eigenen Sohn benutzt hat, um dich einzuschüchtern. Weiß Jon, wie sein Vater dich unterdrückt hat?«

Chris schüttelte den Kopf. »Nein, und ich will auch nicht, daß er es jemals erfährt. Er würde sich schuldig fühlen, und das möchte ich nicht. Es war meine Entscheidung, und ich würde es heute genauso machen. Wenn Jon nicht gewesen wäre, hätte ich mich nach den ersten paar Monaten wieder von Curt scheiden lassen und die Heirat als dummen Fehler abgeschrieben. Aber ich hatte Jon zu gerne, und Curt wußte das.«

Chris rieb ihr Kinn an den Knien, während sie an diese höllischen Jahre dachte. In der ersten Zeit war alles gut gewesen. Jung, schrecklich naiv und scheinbar verliebt, hatte sie das College mitten im zweiten Jahr verlassen, stolz, Frau, Mutter und Heimchen am Herd für Curt, den Herrn und Meister, spielen zu können. Solange sie ihre Rolle gespielt hatte, war er fröhlich und charmant gewesen.

Aber für Curt hatte der Reiz des Neuen, nämlich als

liebender Ehemann und Vater zu Hause zu bleiben, nicht lange angehalten. Er war immer öfter allein ausgegangen, hatte seinen Job verloren und dann ›Geschäften‹ und jedem Rock nachgejagt. Manchmal, wenn er monatelang weggeblieben war, hatte sich ihr Kontakt mit ihm darauf beschränkt, daß er hin und wieder einen Scheck geschickt hatte, manchmal groß, meist klein. Sie hatte nie sicher sein können, überhaupt Geld zu bekommen, hatte nie gewußt, wo er sich gerade aufhielt oder woher er das Geld hatte.

Drei- oder viermal hatte sie sich in den ersten Jahren eine Arbeit gesucht, um sich und Jon, den sie sehr liebte, ein regelmäßiges Einkommen zu sichern. Aber immer genau dann war Curt bald aufgetaucht, mit einem dicken Stoß Scheine in der Tasche und hatte verlangt, daß sie den Job aufgab. Daß sie arbeiten gegangen war, hatte ihn in seinem Stolz verletzt. Wenn sie sich geweigert hatte, hatte er sein charmantestes Lächeln aufgesetzt und gedroht, ihr Jon wegzunehmen, wenn sie nicht gehorchte. Aus irgendeinem perversen Grund hatte er sie völlig abhängig halten wollen.

Er hatte geschworen, daß er sie und Jon liebte, daß ihr Heim sein Anker wäre, und manchmal hatte sie ihm sogar geglaubt. Wenn er in der Stadt gewesen war, hatte er sie eine Woche oder einen Monat lang mit Geschenken, Lachen und Aufmerksamkeiten verwöhnt. Dann war er jedoch wieder jedesmal unruhig geworden und gegangen, um, wie er gesagt hatte, an der einen oder anderen Küste einem Geschäft nachzujagen. Vielleicht hatte er sie wirklich auf seine eigene, seltsame Art geliebt, aber Chris hatte ihm kaum noch glauben können, als sie erfahren hatte, daß er Weihnachten mit einer Geliebten auf den Bahamas verbracht hatte, während seine Frau und sein Sohn wegen Geldmangels im ungeheizten Haus gesessen hatten.

Chris hatte mehrmals mit Rechtsanwälten und Beratern gesprochen, um einen Weg zu finden, sich von Curt scheiden zu lassen und das Sorgerecht für Jon zu bekommen. Vergeblich. Eine Scheidung von Curt hatte unweigerlich bedeutet, Jon im Stich zu lassen. Und das war für sie undenkbar gewesen.

Sie hatte versucht, mit Curt zu reden. Sie hatte gebettelt, geweint, gebetet. Sie hatte viel gebetet. Aber am Ende war sie wie eine Gefangene gewesen. Sie hatte die Drohungen und Demütigungen in Kauf genommen und Jon so gut es ging ein glückliches Zuhause geschaffen. Die großen Summen, die Curt manchmal geschickt oder nach Hause gebracht hatte, hatten den Verdacht in Chris geweckt, daß er in illegale Machenschaften verwickelt gewesen war, aber sie hatte gelernt, keine Fragen zu stellen.

Als seine Leiche mit gefesselten Händen und Füßen irgendwo in New Jersey an den Strand gespült worden war, hatte sie nicht einmal trauern können.

»Reißt du die alten Wunden wieder auf?« fragte Karen leise.

»Ich fürchte, ja. Ich dachte, ich hätte das alles längst begraben. Aber in den letzten Tagen ist es mir wieder oft in den Sinn gekommen. Vielleicht ist es eine Warnung davor, mich zu sehr auf Nick einzulassen.«

»Sieh mal, ich verstehe, daß deine Erfahrungen mit Curt dich kopfscheu gemacht haben, aber es wird Zeit, daß du einen neuen Anfang wagst. Da kommt Nick gerade recht. Was machst du, wenn Jon aus dem Haus geht?«

»Dann habe ich mein Diplom«, sagte Chris.

»Glaub einer Freundin, ein Diplom ist ein lausiger Gesprächspartner. Und es wärmt auch nicht dein Bett.«

Bett. Chris lächelte beklommen. »Dann werde ich mir einen Papagei und eine elektrische Bettdecke zulegen.«

Auf dem Nachhauseweg durchforstete Chris in Gedanken ihr Budget nach dem letzten Pfennig für die Reparatur der schlimmsten Schäden in der Küche. Als sie in die Willow Street bog, sah sie verblüfft einen neuen weißen Rolls, zwei Lieferwagen und ein paar andere Autos vor ihrem Haus stehen.

Gerade als sie in ihrer Einfahrt hinter Jons Camaro parkte und ausstieg, fuhr ein kleiner japanischer Sportwagen vor. Chris traute ihren Augen nicht. An dem glänzend schwarz lackierten Wagen waren riesige Mauseohren über der Windschutzscheibe angebracht, und hinten ragte ein mindestens einsachtzig langer Schwanz hoch. Auf der Tür stand in goldenen Buchstaben: *DER KAMMERJÄGER.* Eine üppige Brünette in flammend rotem Overall kletterte aus dem Wagen und zog eine braune Einkaufstüte vom Rücksitz.

Die schöne junge Frau strahlte Chris an und eilte auf sie zu. »Hallo, Sie sind bestimmt Chris. Ich bin Bianca.« Goldene Armbänder glitzerten und klimperten, als sie die Tüte auf ihre Hüfte stützte und Chris die Hand gab. »Junge, Sie hatten aber schrecklich viele Termiten unter Ihrem Haus. Ich kam gerade noch rechtzeitig.«

Chris runzelte die Stirn. »Termiten? Was haben Sie mit meinen Termiten zu tun?«

Bianca lachte. »Ich bin Kammerjäger. Meine Mannschaft und ich, wir sind heute morgen unter Ihr Haus gekrochen und haben den kleinen Plagegeistern den

Garaus gemacht. Sie dürften keine Probleme mehr haben.« Dann hakte sie sich bei Chris ein und zog sie zum Haus. »Kommen Sie! Ich muß das Bier ins Haus bringen, bevor die anderen Arbeiter meutern. Sie hatten die letzte Kiste angebrochen, als ich ging.«

»Aber . . . aber«, stotterte Chris, »ich habe keinen Kammerjäger bestellt. Das kann ich mir nicht leisten.«

»Keine Sorge. Das geht auf eigene Rechnung. Ich war Nicky noch einen Gefallen schuldig.«

Chris spürte, wie sich ihr der Magen drehte, als sie stehenblieb und die junge Frau anstarrte. Bianca sah großartig aus und war wohl einige Jahre jünger als sie selbst. Eifersucht packte sie. »Nicky?«

Die Haustür wurde geöffnet, und Jon kam mit einer Leiter heraus. »Hallo, Mom. Warte, bis du die Küche siehst.« Er ging auf einen der Lieferwagen zu. »Und der Rohrbruch ist auch behoben«, rief er ihr über die Schulter hinweg zu.

»Der Rohrbruch?«

Bianca nickte. »Tony hat das gemacht.«

»Tony?«

»Annas Mann. Er ist Installateur.«

Völlig verwirrt folgte Chris Bianca ins Haus. Es hörte sich an, als würde in der Küche eine Party gefeiert. Was sollte diese Invasion in ihrem Haus?

»Hier kommt das Bier«, rief Bianca in den Raum, der voller Leute war. »Und Chris ist da.«

Nick kam in alten Jeans und schmutzigem, mit Mörtel bespritztem T-Shirt auf Chris zu und lächelte. »Das hast du geschickt abgepaßt. Wir sind gerade fertig geworden.«

»Womit?«

»Mit der Decke.« Nick deutete nach oben, wo am Morgen noch ein großes Loch geklafft hatte.

Das Loch war verschwunden. Eine saubere, glatte und frisch verputzte Decke hing über der Küche. Es war wie ein Wunder. Mit großen Augen und leicht offenem Mund sah Chris von der Decke zu Nick und zu den Leuten, die erwartungsvoll lächelten. Außer Evelyn, Hub Lovells Frau und Sal Milella, dem Manager des *Le Bœuf,* waren sie ihr alle fremd.

»Gefällt's dir?« fragte Nick. »Ich finde, es ist uns gut gelungen.«

»Es sieht großartig aus. Das ist eine wundervolle Überraschung. Ich kann es noch gar nicht glauben.« Sie setzte ihr strahlendstes Lächeln auf. Kaum merklich beugte sie sich zu Nick und flüsterte: »Nick, das kann ich nicht bezahlen!« Der Kammerjäger allein würde schon tausend Dollar kosten. Wie konnte Nick sie nur so in Verlegenheit bringen? Wenn nicht so viele Zeugen da gewesen wären, hätte sie ihn mit dem Küchenhelfer erschlagen.

Er lachte nur, legte ihr den Arm um die Schultern und zog sie weiter in den Raum. »Diese Bande arbeitet billig. Sie tun's für ein Essen und ein paar Bier. Laß mich dir die laute Gesellschaft vorstellen.« Er deutete auf eine Frau mit grauen Haaren, die gerade mit Evelyns Hilfe Pappteller und Bierdosen in einen Müllsack räumte. »Chris, das ist meine älteste Schwester, Anna. Sie und Evelyn waren fürs Essen und Trinken verantwortlich.«

Anna lächelte. »Wir haben nur aufgetischt und versucht, diese Rowdies in Schach zu halten. Das Essen wurde aus einem von Nicks Restaurants gebracht.«

»Und ich«, fügte Evelyn mit einem breiten Grinsen hinzu, »bin herübergekommen, um zu sehen, was der ganze Aufruhr hier sollte, und bin zum Mittagessen geblieben.«

»Das ist Annas Mann, Tony Milella.« Nick wies auf einen breitschultrigen Mann, der zum Gruß an seine Baseballkappe tippte, die er über sein graues Haar gestülpt hatte. »Er hat deine Rohrleitung geflickt und uns bei dem Rest der Reparaturen geholfen. Seinen Sohn Sal hast du schon kennengelernt, und dann sind da noch meine kleine Schwester Bianca und . . .«

Chris atmete bei dem Wort *Schwester* erleichtert auf. »Hast du deine ganze Familie abkommandiert?«

»Nicht ganz. Meine Mutter ist noch mit dem Rest der Sippe in Chicago.« Nicks Augen blitzten, als er Chris lächelnd ansah. »Meinst du, ich hätte sie auch rufen sollen?«

Alle blieben noch etwa eine halbe Stunde, lachten, redeten miteinander und bewunderten gemeinsam ihre Arbeit. Jon, Evelyn und Chris wurden in den Kreis dieser ungestümen, herzlichen Familie miteinbezogen, als gehörten sie schon immer dazu.

Später, als Chris mit Nick an der Haustür stand und allen nachwinkte, sagte sie: »Deine Familie ist wunderbar. Ich weiß nicht, wie ich dir danken soll.«

Nick legte seine Arme auf ihre Schultern, beugte sich vor und rieb seine Wange an ihrer. »Ich wüßte schon wie.« Seine Stimme klang rauh, vielsagend.

Chris' Rücken verkrampfte sich, und ihre Augen wurden schmal. »Ich hätte mir denken können, daß die Geschichte einen Haken hat. Also, am besten nimmst du deine Decke und . . .«

»Halt, kleine Tigerin!« Nick hielt Chris fest, die versuchte, sich loszumachen. Er sah sie mit einem verschmitzten Lächeln an. »Wir sind Freunde, nicht wahr? Ich dachte, du hättest Lust, mit mir ins Kino zu gehen. Heute läuft ein toller Science-Fiction-Film, und darauf bin ich ganz wild. Ich müßte nur noch schnell nach Hause, um mich umzuziehen.«

»Oh.« Chris war erleichtert und etwas verlegen. »Ich wünsche, ich könnte. Furchtbar gerne, aber mittwochs abends mache ich die Buchführung in Onkel Larrys Scherzartikelladen.«

Nick runzelte die Stirn. »Morgen abend?«

»Muß ich lernen.«

»Ich könnte wieder Abendessen machen.«

»Besser nicht. Ich habe am Freitag ein Examen, und nach dem, was gestern abend passiert ist, habe ich viel nachzuholen.«

»Freitag abend?«

»Du weißt doch, am Wochenende fahre ich den Abschleppwagen.«

»Wie konnte ich das nur vergessen!« Nick schien ärgerlich zu sein, dann entspannte er sich jedoch wieder. »Ich habe heute, während wir die Küchendecke verputzt haben, mit meinem Neffen Carmine gesprochen. Er ist für die Buchhaltung in der Zentrale meiner Firma verantwortlich, und er sagte, er suchte verzweifelt jemand für seine Abteilung. Ich erwähnte, daß du vielleicht interessiert seist. Es wäre kein Problem, die Arbeitszeit nach deinem Studienplan auszurichten, und die Bezahlung ist gut.«

»Nick, es tut mir leid. Ich kann unmöglich noch eine zusätzliche Arbeit annehmen.«

Er lachte und tippte mit seinem Zeigefinger auf ihre Nase. »Ich meine nicht zusätzlich, Dummerchen, ich meine anstatt. Wenn du einen gut bezahlten Job hättest, könntest du den Abschleppwagen und all die anderen Kleckerjobs aufgeben.«

»Nein, danke.« Chris sah Nick kritisch an. »Ich habe das ungute Gefühl, daß du mich manipulieren willst.«

Er zuckte die Schultern. »Es war nur ein Vorschlag. Am besten überlegst du es dir noch mal.« Während er mit der Rückseite seines Zeigefingers sanft über ihre Wange streichelte, sagte er: »Dann wird es wohl Sonntag, bevor ich dich wiedersehe. Ich hole dich mit deiner Wäsche gegen Mittag ab.« Bevor sie protestieren konnte, beugte er sich zu ihr und küßte sie.

Der Kuß war kurz aber heftig und legte Chris' Verstand lahm. Es fiel ihr beim besten Willen kein Grund ein, warum sie und ihre Wäsche nicht mit Nick zu Mittag essen sollten.

Chris war immer noch kein Grund eingefallen, als am nächsten Tag ein wunderschöner Frühlingsstrauß mit einer Karte von Nick ankam, und am Tag danach auch nicht, als er anrief, um zu fragen, wie ihr Examen gewesen sei. Sie dachte hundertmal darüber nach, ob es richtig oder falsch war, mit Nick auszugehen. Am schlimmsten war es am Freitag und Samstag, als sie mit dem Abschleppwagen unterwegs war.

Schließlich war ihr klar, daß sie die Sache im Keim ersticken mußte, wenn sie sich Kummer und Demütigungen ersparen wollte. Auf lange Sicht wäre es für Nick und sie selbst besser, wenn sie ihn nie mehr wiedersehen würde. Er war ein unglaublich warmherziger und sensibler Mann; er verdiente mehr, als sie ihm geben konnte.

Es war ja nicht nur Curts Verhalten während ihrer Ehe,

das Chris davor zurückschrecken ließ, sich wieder mit einem Mann einzulassen. Sie hatte noch ein anderes, gravierenderes Problem, von dem selbst Karen nichts wußte, mit dem Chris sich aber seit langem abgefunden hatte. Deswegen würde sie Nick anrufen, und alles absagen.

Aber am Sonntag hatte sie doch nicht angerufen, sondern wartete mit ihrer vorsortierten Wäsche.

Während ihre Sachen gewaschen wurden, aßen Chris und Nick im Restaurant auf der anderen Straßenseite dünne, auf offener Flamme gegrillte Lammkoteletts und gefüllte Weinblätter.

Exotische Düfte von Olivenöl, Kräutern und gebratenem Fleisch und Klänge griechischer Musik lagen in der Luft. Flackernde Kerzen, gescheuerte Tische, Fischernetze, die wie zum Trocknen über die dunklen Balken gehängt waren, schufen eine Atmosphäre wie in einer Taverne in Athen.

Chris seufzte. »Ich habe das Gefühl, als müßten Anthony Quinn oder Telly Savalas jeden Moment aufspringen und mit Tellern um sich werfen.«

Nick lachte leise. »Abends wird hier oft getanzt, aber es würde mich wundern, wenn Tony oder Telly hier auftauchten. Gefällt es dir hier?«

Sie nickte. »Ja, sehr. Ist es eines deiner Lokale?«

»Zum Glück, ja. Aber weißt du, daß es in Houston nur sehr wenige Restaurants mit einer Automatenwäscherei in der Nähe gibt?«

Lächelnd schob er ihr eine schwarze Olive zwischen die Lippen. Als sie ein winziges Stück davon abgebissen hatte, strich er langsam damit über ihre Unterlippe. Er verfolgte mit seinem Blick die feuchte Spur, die die reife Frucht auf ihrer Lippe hinterließ, dann sah er Chris in die

Augen. Ihr blieb fast das Herz stehen. Sie war überwältigt von dem Verlangen, dem Flehen, das ihr da begegnete. Im Hintergrund spielte eine Bouzouki die ersten klagenden Töne von ›*Zorba*‹, und die Akkorde ließen ihre Nerven vibrieren. Chris atmete tief ein und richtete sich auf. Nick hielt die Olive jetzt unbeweglich einen Millimeter vor ihren Mund.

Chris schien im Takt der Musik zu atmen. Während sie Nick wie gebannt ansah, spürte sie immer wieder eine sanfte Berührung auf ihren Lippen. Die Musik wurde schneller, und Nick tippte im Rhythmus der Musik mit der glatten Olive gegen Chris' Lippen, bis sie den Mund öffnete und die reife Frucht zwischen Nicks Daumen und Zeigefinger darin verschwand. Ihre Zähne berührten seine Haut, dann schloß sie den Mund über seinen beiden Fingern und der Olive und begann, langsam daran zu saugen.

Nick schloß die Augen und stöhnte.

Chris erstarrte, ihre Augen wurden weit. Sie sah auf die Finger in ihrem Mund und fuhr entsetzt zurück. Sie starrte den Mann neben sich an, als käme er von einem anderen Stern.

Nick legte ihr beruhigend den Arm um die Schulter. »Chris?«

Sie schüttelte ihn ab, spuckte die Olive aus und stöhnte. »Geh weg.« Sie schlug die Hände vors Gesicht.

»Liebes, schau mich an, bitte!« Er zog ihr die Hände vom Gesicht weg. »Was hast du?«

»Was ich habe? Ich . . . Ach, stell dich nicht so dumm!« Chris sprang auf und packte ihre Handtasche. »Ich muß die Wäsche in den Trockner stecken.«

Die Dinge geraten völlig außer Kontrolle, dachte Chris, als sie die Straße überquerte und auf den Waschsalon zuhastete. Wie hatte sie nur so naiv sein können? Freundschaft . . . ha! Was er von ihr wollte, was er erwartete, war etwas anderes, etwas ganz anderes! Aber das würde er nicht bekommen. Niemals. Und sie würden sich auch nicht mehr sehen. Es war aus, aus und vorbei!

»Ich hasse Oliven«, murmelte sie.

»Ich finde sie sehr erotisch«, sagte eine tiefe Stimme hinter ihr.

Zwei Tränen wollten sich in ihre Augenwinkel schleichen, aber sie drängte sie mit einem Blinzeln zurück, ballte die Hände in den Taschen und ging weiter.

5

Seit zwei Wochen hatte er sie nicht gesehen. Nick saß in seinem Arbeitszimmer und versuchte, sich auf das Sonntagsblatt zu konzentrieren. Schließlich warf er es beiseite und stand auf. Während er mit den Münzen in seiner linken Tasche klimperte, starrte er durch die Glastür nach draußen. Das schimmernde blaue Wasser des Swimmingpools erinnerte ihn an ihre Augen.

Zum Teufel, dachte er und ging in die Küche, alles erinnert mich an ihre Augen. Oder an ihren Mund. Oder an ihren Geruch. Oder an ihr Lachen. Er goß sich eine Tasse Kaffee ein, nippte einmal und schüttete den Rest in den Ausguß. Zum dritten Mal innerhalb der letzten fünf Minuten sah er auf die Uhr und klimperte mit den Schlüsseln in seiner rechten Tasche. Unruhig wie ein Löwe im Käfig wanderte er durch den Flur ins Schlafzimmer und zurück ins Arbeitszimmer.

Die Gedanken an Chris ließen ihn nicht los. Er wollte nicht mehr allein sein in diesem großen Haus. Er wollte mit ihr zusammen sein, egal wo. Am Tag war er wie besessen von dem Gedanken an sie. In seinen Träumen liebte er sie, hörte, wie sie stöhnte, seinen Namen rief, spürte, wie sie ihn wild und leidenschaftlich an sich zog . . .

Die Wirklichkeit sah anders aus. Bei jedem seiner Anrufe in den vergangenen vierzehn Tagen hatte Chris es mit einer anderen Ausrede abgelehnt, ihn zu sehen. Er hatte ihr Blumen, Pralinen, Wein und Obstkörbe geschickt. Er hatte angerufen, um sich für den Sonntag mit ihr zu verabreden, aber wie immer war die Antwort: »Nein, danke«, gewesen.

Für sie schien das Thema Nick Russo abgeschlossen, aber er wollte es nicht wahrhaben. Es hatte zwischen ihnen gefunkt, da gab es keinen Zweifel. Wenn etwas nicht in Ordnung war, mußte es geregelt werden. Er würde Chris nicht ohne Kampf aus seinem Leben gehen lassen. Und als alter Straßenkämpfer von Chicago gab er nicht so leicht auf.

Warum hatte sie sich so plötzlich von ihm abgewandt? Er mußte lachen, als er an die schwarze Olive dachte. Er hatte bei ihrem Spielchen regelrecht Feuer gefangen. Aber sie hatte wie eine erschreckte Jungfrau reagiert. Überreagiert. War sie denn so prüde, daß eine kleine erotische Spielerei sie so aus der Fassung brachte? Wie verlegen wäre sie erst geworden, wenn sie seine Gedanken hätte lesen können . . .

Das Telefon klingelte, und Nick riß den Hörer hoch.

»Sie ist eben aufgestanden«, flüsterte Jon Ponder. »Sie duscht gerade.«

»Danke«, sagte Nick. »Ich komme. Laß sie nicht gehen, bevor ich da bin.« Er wollte endlich eine Antwort, und wenn er die kleine Tigerin fesseln mußte, um sie zu bändigen.

»Aber Mom, sie brauchen mich«, bettelte Jon. »Sal hat mir sogar noch mehr Geld geboten.«

Chris stopfte ihre Unterwäsche in einen Kopfkissenbezug und warf ihn in den Korb. »Nein! Das ist mein letztes Wort.«

Jon hob den Wäschekorb vom Badezimmerboden auf. »Mit dem, was ich an einem Wochenende beim Tanzen mache, könnte ich dir eine Waschmaschine mit Trockner kaufen.«

Chris stemmte die Fäuste in die Hüften und sah zu dem jungen blonden Riesen hoch. »Jon, hast du dir schon einmal überlegt, wie sich eine solche Tätigkeit in deinem Lebenslauf oder auf einer Bewerbung ausmachen würde? Die medizinische Fakultät wäre entsetzt. Wer will schon einen Ex-Stripper als Arzt?«

»Wer will denn einen Ex-Möbelpacker als Arzt?«

»Bei einem Umzugsunternehmen findest du gute, ehrliche Arbeit.« Sie tippte ihm bei jedem Wort mit dem Zeigefinger an die Brust. »Außerdem ist es gesund, hält dich in Form. Heutzutage legt jeder Wert auf körperliches Training.«

Ein Lächeln breitete sich auf seinem Gesicht aus. »Tanzen würde mich auch in Form halten. Viele geben Geld aus, um tanzen zu gehen und dabei Spaß zu haben; ich würde welches bekommen und den Spaß hätte ich gratis dazu.«

Chris nahm ihm wütend den Korb aus den Händen und stürmte die Treppe hinunter. Sie schimpfte immer noch über dickköpfige Söhne und die undankbare Aufgabe einer Mutter, als sie das Gitter vor der Haustüre mit dem Po aufstieß.

»Da komme ich ja gerade richtig«, sagte eine tiefe Stimme.

Völlig verblüfft drehte Chris sich so schnell um, daß das Waschpulver vom Wäschestapel herunterfiel. Nick fing es auf, stopfte es unter den Arm und nahm Chris den Korb aus den Händen.

»Was machst *du* denn hier?«

»Wieso, ich wollte dich nur zu unserem sonntäglichen

Wasch-Mittagessen abholen. Schade, daß es letzte Woche nicht geklappt hat.«

»Tut mir leid. Ich habe heute etwas anderes vor.«

Nick lächelte, als ob er wüßte, daß sie log, und betrachtete sie liebevoll. Sein Blick wanderte über ihre nackten Beine zu den braunen Shorts und dem pinkfarbenen T-Shirt. Er musterte forschend ihr Gesicht und wieder ihre ganze Gestalt, bis ihre Knie weich wurden.

»Hübsch«, sagte er, »ich mag dich in Pink.«

»Pink ist meine Lieblingsfarbe.« Warum bleibe ich wie ein Laternenpfahl stehen und gebe noch einen so albernen Kommentar ab? Warum nehme ich nicht ganz einfach meine Wäsche und sage ihm, er soll verschwinden? fragte sie sich.

»Das mit der Lieblingsfarbe weiß ich.« Er betrachtete sein eigenes Hemd. »Ich habe an dich gedacht, als ich das hier gekauft habe. Meinst du, ich sehe damit nicht männlich genug aus?«

»Großer Gott, nein!« Kaum hatte sie das ausgesprochen, hätte sie sich am liebsten die Zunge abgebissen. »Ich meine, du siehst sehr gut aus.«

Nick mußte lachen. »Danke. Können wir gehen?«

Seine Frage brachte sie auf den Boden der Realität zurück. »Nick, ich kann nicht mit dir gehen.« Aus Angst, bei einem Blick in seine Augen schwach zu werden, sah sie an ihm vorbei und holte tief Luft. »Am besten sehen wir uns nie wieder.« Sie schluckte. »Zum Teufel. Das klingt wie in einem schmalzigen Kitschfilm. Aber es ist wahr. Es wäre besser.«

»Warum?«

»Weil . . . weil . . . Es gibt mindestens hundert Gründe.«

»Nenn mir fünfzig!«

»Ich meine es ernst, Nick.«

»Ich auch, Chris. Sieh mich an!« Er wartete, bis sie ihm in die Augen sah. »Sag mir die Gründe. Ich finde, das bist du mir schuldig.«

Chris fröstelte plötzlich, obwohl es warm war. »Das ist sehr kompliziert.«

»Das dachte ich mir. Komm, wir müssen miteinander reden.« Nick drehte sich um und ging mit dem Wäschekorb die Treppe hinunter.

»Wo gehst du hin?«

»Wir werden deine Sachen waschen, zu Mittag essen und diese ›Komplikationen‹ besprechen.« Er ging auf seinen Wagen zu, öffnete den Kofferraum, verstaute den Wäschekorb und schlug den Deckel zu. Dann hielt er die Beifahrertür auf und wartete. »Am besten kommst du mit, Tiger. Ich habe deine ganze Unterwäsche.«

Chris verdrehte die Augen und stieß einen Seufzer der Verzweiflung aus. Natürlich konnte sie vor dem Haus eine Szene machen oder einfach hineingehen und sich einschließen, aber Nicks entschlossene Miene sagte ihr, daß er stehenbleiben würde, bis sie nachgab, und wenn er darüber schwarz wurde. Und eigentlich schuldete sie ihm wirklich eine Erklärung. Außerdem hatte er in noch einem Punkt recht: Bis auf das, was sie anhatte, war ihre gesamte Unterwäsche im Kofferraum seines Wagens.

Chris war ihm dankbar dafür, daß er nicht lachte, als sie einstieg. Er stellte auch keine Fragen, sondern lächelte nur rätselhaft und fuhr los. Chris rutschte verlegen auf ihrem Sitz hin und her und überlegte, wie sie es ihm erklären sollte.

Zu nervös und geistesabwesend, um auf den Weg zu achten, war Chris völlig überrascht, als der Wagen plötzlich in eine breite Auffahrt einbog und vor Nicks Haus hielt. »Was wollen wir denn hier?«

Als ob Nick ihre Abneigung spürte, nahm er sie bei der Hand. »Ich habe eine Waschmaschine. Ich habe etwas zu essen da. Und hier können wir ungestört reden. Einverstanden?« Als sie nicht sofort antwortete, seufzte Nick: »Mein Gott, Chris. Ich bin nicht der Würger von Boston. Komm schon.«

Die Fassade des Hauses hatte Chris schon beeindruckt, aber von der Eleganz der Innenausstattung war sie geradezu überwältigt. Die hohe Eingangshalle mit dem Marmorfußboden war größer als ihr eigenes Schlafzimmer und der Kristalleuchter an der Decke mußte mehr gekostet haben als ihr ganzes Haus mit Auto und allem Drum und Dran. Eine breite, geschwungene Treppe führte nach oben, und an beiden Seiten gingen Stufen hinunter in einen riesigen Wohnraum. Chris mußte an Nobelvillen am Mittelmeer denken, wie sie sie in Filmen gesehen hatte. Sie unterdrückte den Drang, die Sandalen wegzuschleudern, barfuß durch die dicken Teppiche zu waten oder die Treppe hinaufzulaufen, um dann auf dem Geländer wieder hinunterzurutschen.

»Die Waschküche ist hier hinten.«

Chris wandte sich um und sah Nick mitten in dieser prachtvollen mit Kristall und italienischem Marmor, Samt und Seide geschmückten Halle mit einem billigen Plastikwäschekorb voll ausgefranster Laken und abgetragener Unterwäsche stehen.

Plötzlich kam sie sich ganz klein vor.

»Du bist sehr reich, nicht wahr?« Es war mehr eine Feststellung als eine Frage. Seine einfache und natürliche Art hatte sie fast vergessen lassen, daß er kein ganz normaler Sterblicher war wie die Leute, die in ihrer Nachbarschaft wohnten.

Er zuckte die Schultern. »Wohlhabend könnte man sagen. Komm, laß uns die erste Ladung Wäsche in die Maschine stopfen.«

Während sie ihm durch ein Arbeitszimmer folgte, das groß genug war, um einen Parteitag darin abhalten zu können, und dessen Einrichtung direkt aus *Schöner Wohnen* hätte stammen können, dachte sie an ihr eigenes Haus mit der abblätternden Farbe an den Wänden und dem durchgesessenen Sofa. Der Gegensatz machte ihr wieder den überwältigenden Unterschied in ihrem Lebensstil bewußt und bestärkte ihre Entscheidung, mit Nick Schluß zu machen.

Sie gingen durch eine große Küche, in der Bündel duftender, getrockneter Kräuter und ein Dutzend Kupfertöpfe und -pfannen an der Wand hingen. Chris folgte Nick durch eine weitere Tür und staunte. »Mein Gott, sogar die Waschküche ist großartig. Das ist zuviel für eine einfache Seele aus Texarkana!«

Nick setzte den Wäschekorb ab und runzelte die Stirn. »Was meinst du damit?«

»Nick, dein Haus ist fabelhaft. Aber nachdem ich es gesehen habe, ist mir noch klarer als zuvor, daß dein Bild einfach nicht in meinen Rahmen paßt. Wenn ich mir vorstelle, du bist das hier gewöhnt und kommst dann in mein Haus . . . das ist doch wie ein Besuch im Elendsviertel. Wir . . . wir passen einfach nicht zusammen.«

»Ich habe noch nie Leute danach beurteilt, in welchem Viertel der Stadt sie wohnen und möchte selbst auch nicht daran gemessen werden! Vielleicht interessiert es dich, zu wissen, daß ich in einer überfüllten Wohnung über dem Restaurant meiner Familie aufgewachsen bin.

Meine Eltern, Großeltern und sieben Kinder hausten so eng, daß dein Haus dagegen wie ein Palast wirkt.«

Bei dem Vergleich schüttelte Chris nachdenklich den Kopf.

Ein paar Minuten später saßen sie und Nick in einer sonnigen Nische neben der Küche und aßen eisgekühlten Shrimpsalat mit Toast; oder besser, Nick aß, und Chris stocherte auf ihrem Teller herum und starrte auf den Swimmingpool.

Nick legte seine Gabel hin, stützte die Ellbogen auf den Tisch und betrachtete ihr ebenmäßiges Profil. Er ahnte, was ihr durch den Kopf ging und hätte sie gerne in die Arme genommen und ihr die dummen Gedanken ausgeredet. Aber jetzt war nicht der Moment.

»Schmeckt es dir nicht?«

Chris schien ganz darauf konzentriert, eine Krabbe mit der Gabel aufzuspießen und ein Stückchen Sellerie zu zerdrücken. Schließlich schaute sie auf. »Nick, uns trennen Welten. Weshalb solltest du an mir interessiert sein? Ich bin doch nur eine altmodische, einfache Frau, die mit einer Menge von Problemen zu kämpfen hat. Du könntest dir doch unter den feinen Damen der High-Society eine aussuchen . . . eine, die nach dem letzten Schrei gekleidet ist, mit Haaren wie Grace Kelly, die ihre Freizeit damit verbringt, Geld für einen Wohltätigkeitsball zu sammeln, anstatt einen Abschleppwagen zu fahren.«

Ein trockenes Lachen war die Antwort. »Du hast gerade meine Ex-Frau beschrieben. So eine hatte ich einmal, Chris. Wir paßten absolut nicht zusammen. Wir haben noch nie über meine Ehe gesprochen, nicht wahr?«

Chris schüttelte den Kopf.

»Komm, ich stelle deinen Teller in den Kühlschrank, für später. Dann werde ich dir von Paula erzählen.«

Chris kickte ihre Sandalen weg. Sie setzte sich auf einen Fuß, zog das andere Bein hoch und schlang die Arme darum.

Nick beobachtete, wie sie sich zurechtsetzte, während er Kaffee eingoß. »Wie kannst du nur so verdreht sitzen? Ich würde mir dabei sämtliche Knochen brechen.«

»Es ist wunderbar. Jetzt erzähl von deiner Ex-Frau.«

»Ich habe Paula vor acht Jahren kurz nach meinem Umzug nach Houston kennengelernt. Ich hatte gerade meine Firma in Chicago verkauft und suchte nach Möglichkeiten, hier in dieser Gegend mein Geld anzulegen. Mehrere Banken boten mir ihre Dienste an, unter anderem die ihres Vaters. Er hat uns miteinander bekannt gemacht.« Er machte eine kurze Pause und fuhr dann fort: »Wir waren fünf Jahre lang verheiratet, aber es war schon viel früher zu Ende. Sie war eine blonde, schöne, verwöhnte Luxusfrau, die kaum über etwas anderes nachdachte, als über das Kleid, das sie zur nächsten Party tragen wollte. Ich glaube, sie hat sich damals nur dazu entschlossen, mich zu heiraten, weil man uns nachsagte, ein schönes Paar zu sein. Und weil ich gleichzeitig jemand mit genug Geld war, um gesellschaftlich auf der gleichen Stufe zu stehen wie sie.«

»War sie gut im Bett?« Schockiert, daß sie mit einer solchen Frage herausgeplatzt war, ließ Chris ihr Kinn auf das Knie sinken. »O Gott, ich könnte im Erdboden versinken. Sag nichts. Vergiß es.« Sie errötete.

Nick mußte lachen. »Du brauchst nicht rot zu werden. Du kannst fragen, was du willst. Ich möchte, daß wir offen und ehrlich miteinander sind. Was deine Frage anbetrifft, nun, ich will es so ausdrücken, sie haßte es, ihre Frisur durcheinanderzubringen. Paula war nie leidenschaftlich. Sie hatte eine falsche Einstellung zum Leben und zu den Menschen. Sie war oberflächlich. Wir hatten nicht dieselben Werte. Ich wollte Kinder, aber sie weigerte sich, ihre Figur dafür zu ruinieren. Der Akzent meiner Mutter und das Temperament meiner italienischen Familie waren ihr zuwider; sie schmollte tagelang, wenn ich sie besuchen wollte. Wir waren eine schlechte Kombination.«

Chris war entrüstet. Sie setzte die Füße auf den Boden und stützte sich mit beiden Händen auf den Tisch. »Ich kann mir nicht vorstellen, daß jemand deine Familie nicht mag. Das sind wunderbare Menschen. Denk nur daran, wie sie alle eingesprungen sind, um meine Decke zu flicken, und sie kannten mich nicht einmal.« Sie griff über den Tisch und nahm seine Hände. »Sei froh, daß du sie los bist, Nick?! Du hast Besseres verdient. Du bist zwar reich, aber trotzdem warmherzig und großzügig und aufmerksam und unglaublich . . .« Sie verstummte, als sie sein Grinsen sah.

Er drückte ihr die Hand. »Weiter, weiter, Tiger.«

»Ich glaube, ich habe gerade eine Art Eigentor geschossen, nicht wahr?«

»Ja, das hast du. Mein Bankkonto ist also in Wirklichkeit gar kein Problem für uns, nicht wahr?«

Chris schüttelte den Kopf, senkte den Blick, während sie mit einem Finger über den Rand ihrer Kaffeetasse strich.

»Hat es mit Curt zu tun?«

Sie sah ihn an. »Was weißt du von Curt?«

»Eine ganze Menge. Jon und ich haben über ihn gesprochen.« Als Chris irritiert darüber schien, daß er private Dinge mit Jon besprochen hatte, erklärte Nick:

»Du bist mir aus dem Weg gegangen, und ich wußte nicht warum. Da dachte ich, Jon könnte mir eine Erklärung geben.«

»Jon weiß nicht alles.«

»Er weiß vielleicht mehr, als du denkst. Von dem, was er mir erzählt hat, habe ich den Eindruck gewonnen, daß dein Ex-Ehemann ein lausiger Kerl war, der Frau und Sohn vernachlässigte und euch das Leben durch sein unreifes, unverantwortliches Benehmen zur Hölle machte. Ich weiß auch, daß du dich nur nicht von ihm hast scheiden lassen, weil er seinen eigenen Sohn mißbraucht hat, um dich zu erpressen.«

»O nein!« Chris sah Nick gequält an und krampfte die Hände zusammen. »Das sollte er doch nie erfahren! Woher weiß er das?«

Nick zuckte die Schultern. »Kinder verstehen immer mehr, als ihre Eltern denken.« Er nahm ihre geballten Fäuste und streichelte sie so lange, bis sie sie öffnete. »Zum Glück hatte Jon dich. Er liebt dich sehr und macht sich Sorgen um dich. Du hast seit Curt keinen Mann mehr an dich herangelassen, nicht wahr?«

»Nein. Nach Curts Tod habe ich versucht, all die häßlichen Erinnerungen zu vergessen, und ich habe geschworen, daß ich nie mehr jemandem erlauben würde, mich so unter Druck zu setzen. Ich habe böse Erfahrungen gemacht. Ich will nie wieder von einem Mann erpreßt oder manipuliert oder herumkommandiert oder unterdrückt werden.« Ihre Worte klangen fest und entschlossen, und ihre Augen sprühten Feuer.

»Chris«, sagte Nick leise, »ich bin nicht wie Curt.«

Sie war einen Augenblick still, dann seufzte sie resigniert. »Ich weiß.«

Er strahlte sie so glücklich an, daß es ihr einen Stich ins

Herz gab. Mit den Daumen strich er sanft über ihre Handrücken. »Damit haben wir das Thema ›Komplikationen‹ wohl abgehandelt, oder?«

Chris war dem Weinen nahe. Sie schüttelte langsam den Kopf und bemerkte, daß Nicks Lächeln verschwand.

»Chris, weißt du, daß mir . . . sehr viel an dir liegt?« Er hielt ihre Hände noch fester. Sie nickte. »Und ich glaube, daß ich dir auch etwas bedeute.« Sie nickte wieder. »Es entwickelt sich etwas sehr Schönes zwischen uns, aber du mußt es wachsen lassen.« Als sie keine Antwort gab, fügte er hinzu: »Ich würde nie versuchen, dich zu bevormunden oder zu unterdrücken. Ich würde dich nur umsorgen. Glaubst du mir das nicht?«

Tränen traten ihr in die Augen, und ihre Hände zitterten in den seinen. »Doch, das glaube ich dir.«

»Dann ist doch alles in Ordnung, oder?« Nick sah Chris verwirrt an. Plötzlich riß sie sich los und sprang auf. »Ich muß nach der Wäsche sehen.«

Nick packte sie am Arm, als sie um den Tisch herumkam, und zog sie auf seinen Schoß. »Ach, die Wäsche kann warten! Ich will eine Antwort!«

Chris verschränkte die Hände so fest ineinander wie sie konnte, holte tief Luft und stieß den Atem heftig wieder aus. »Es kann nicht gutgehen, bitte glaub mir. Du bist so . . . und ich bin . . . und wir . . .« Sie schluckte. »Nick, zwischen uns kann nichts wachsen, weil mit mir etwas nicht stimmt. Ich bin nicht normal.«

Er drehte sie an den Schultern zu sich herum, so daß sie ihn anschauen mußte. Etwas Verzweifeltes lag in seinem Blick, und er war weiß um den Mund. »Bist du krank? Liebste, sag mir, was los ist.«

»Nein, nein«, sagte sie, um schnell den Verdacht zu zerstreuen, der ihm gekommen war. »Nicht so, wie du denkst. Ich meine, ich habe keine unheilbare schlimme Krankheit.«

Nick lockerte seinen Griff, und er bekam wieder Farbe. »Du hast mich zu Tode erschreckt. Sag mir, was los ist.«

»Ich bin . . . ich bin nicht sehr . . .« Sie hauchte das letzte Wort in ihr T-Shirt.

Nick hob ihr Kinn. »Liebes, sag es noch einmal! Ich habe es nicht gehört.«

Ihre blauen Augen blitzten. »Ich bin nicht sehr *leidenschaftlich*.«

Er sah sie an, als hätte sie den Verstand verloren.

»Verdammt, ich bin frigide, Nick!«

Um seine Augenwinkel herum waren plötzlich viele kleine Fältchen zu sehen, und seine Lippen bebten. »Oh, mein süßer, kleiner Tiger.« Er streichelte sie und zog sie an sich. Dann warf er den Kopf zurück und lachte erleichtert.

6

»Das ist nicht lustig.«

Chris versuchte, sich von Nick loszumachen, aber er hielt sie auf seinem Schoß fest. »Liebes, entschuldige, aber ich war auf das Allerschlimmste gefaßt und nicht auf etwas so Belangloses.«

»Belanglos? An meiner Stelle würdest du das nicht sagen.«

Nick räusperte sich und versuchte, ernst zu bleiben. »Nach der landläufigen Definition des Wortes bin ich wohl nicht frigide. Und offengestanden glaube ich das auch nicht von dir.«

Chris stöhnte verzweifelt auf. »Schau, diese ganze Unterhaltung ist für mich beschämend genug, auch ohne daß du mir widersprichst. Ich habe *Masters* und *Johnson* und eine Tonne anderer einschlägiger Bücher über dieses Thema gewälzt, und wenn ich auch nur die Hälfte davon verstanden habe, ist mir doch einiges klar geworden. Okay, vielleicht ist frigide nicht das wissenschaftliche Wort. Wenn du den technischen Ausdruck willst, dann ist mein Problem ›Orgasmusdisfunktion‹ und ›mangelnde sexuelle Reaktion‹.«

»Aha, mangelnde sexuelle Reaktion.« Nick räusperte sich wieder. »Ich verstehe. Und wie bist du zu diesem Schluß gekommen?«

»Bitte, Nick!« Sie schloß für einen Moment die Augen. »Ich war acht Jahre verheiratet und eine absolute Niete im Bett. Curt hat mich sogar in Pornofilme geschleppt, um mich in Stimmung zu bringen.«

»Und, hat es nicht funktioniert?«

»Doch, aber nur bei ihm. Ich fand die Filme nur dumm.«

Nick preßte die Lippen zusammen, und er versuchte, das Lachen mit einem Hustenanfall zu überspielen. Chris sah ihn finster an.

»Liebes«, sagte er, legte eine Hand unter ihr Kinn und strich sachte mit dem Daumen über ihre Unterlippe. »Ich weiß, daß dich das bedrückt, aber wir werden mit diesem Problem bestimmt fertig.«

»Aber wenn . . .«

»Sch. . .« Er preßte den Daumen sacht auf ihre Lippen, so daß sie verstummte, dann streichelte er sie weiter. »Du hast so weiche Lippen!« Er drückte einen flüchtigen Kuß auf jeden ihrer Mundwinkel, dann ließ er seine Lippen langsam über ihren Mund gleiten, als wolle er fühlen, wie geschmeidig ihre Lippen waren. Seinen leichten, warmen Atem auf ihrer Haut zu spüren, ließ sie erschauern.

»Und so zarte Haut«, flüsterte er nah an ihrem Mund. Er strich mit den Fingerspitzen ganz leicht über ihre Wange und weiter seitlich an ihrem Hals hinunter. Auf der anderen Seite verfolgte er eine ähnliche Linie mit Lippen und Zunge und hinterließ ein warmes, erregendes Prickeln auf ihrer Haut. »Magst du das?« Seine Lippen wanderten weiter, um die empfindsame Stelle an ihrem Hals zu finden.

Chris versuchte vergeblich, die Augen zu öffnen. »Hmmm.«

»Sag mir genau, wie du dich dabei fühlst.« Nick berührte mit den Lippen ihr Ohr, dann knabberte er spielerisch an ihrem Ohrläppchen. Wieder lief ein Schauer über ihren Rücken.

»Wohlig warm und . . . wunderbar.« Sie ließ ihre

Finger unter seinen Hemdkragen gleiten, streichelte die Muskeln auf seiner Schulter bis hin zum Nacken.

Nick nahm einen ihrer Füße in seine Hand und massierte ihn. »Ich finde es herrlich, wenn du mich streichelst«, sagte er. »Manchmal liege ich nachts wach und stelle mir vor, wie sich deine Hände auf meiner Haut anfühlen würden.« Langsam ließ er seine Hand an ihrem Bein hochgleiten und streichelte die zarte Haut ihrer Schenkel. »Das macht mich wahnsinnig.«

Bei seinen Worten und Berührungen überliefen sie prickelnde Schauer von oben bis unten. Nick berührte ihr Ohr mit seiner Zunge, und Chris zog den Atem ein und umklammerte seinen Nacken. Nick lachte leise, und die Vibration übertrug sich auf ihren ganzen Körper bis zu den Zehenspitzen hin.

Nick öffnete sein Hemd, dann nahm er ihre Hand und drückte seine Lippen auf die Innenfläche. Er sah Chris tief in die Augen und preßte ihre Hand auf seine Brust.

Chris spürte seinen Herzschlag, als sie durch das dichte Haar auf seiner Brust strich, das sich wie schwarze Seidenfäden um ihre Finger ringelte, und Nick stöhnte leise auf.

Chris lächelte, als sie plötzlich ihre Macht erkannte. Sie beugte sich über Nicks Hals und machte mit ihm das, was Nick zuvor bei ihr getan hatte. Der Duft seiner Haut war betörend. Es war ihr, als tauche sie in ein Meer von Sandelholz und Moschus ein, und sie glaubte zu spüren, wie ihre Brüste schwollen und etwas wie ein elektrischer Schlag durch ihren Körper ging. Sie ließ ihre Zungenspitze langsam weiterwandern und genoß den leicht salzigen Geschmack seiner Haut.

»Magst du das?« flüsterte sie nah an ihn geschmiegt.

»O ja.«

Sie lächelte. »Sag mir genau, wie du dich dabei fühlst.«

»Wohlig warm und . . . wun-der-bar.«

Chris lachte. »Nick?«

»Ja, Liebes?«

»Küß mich.«

Mit einem Stöhnen preßte er seine Lippen auf ihre. Der Kuß war hart, feucht und fordernd. Chris klammerte sich an Nick, während Wogen von nie gekannten Gefühlen über ihr zusammenschlugen. Er liebkoste sie mit seiner Zunge, seinen Lippen, seinen Händen, bis sie glaubte, ihre Haut brenne.

Dann wurde seine Berührung sanfter, und als er sich zurückzog, wimmerte Chris: »Du machst mich wahnsinnig.« Nick lächelte und gab ihr einen Klaps auf den Po. »Wir müssen die nächste Ladung Wäsche in Gang setzen.«

»Nick?«

»Ja, Liebes?«

»Ich fürchte, ich kann nicht aufstehen.«

Er lachte und stellte sie auf die Füße.

Am Donnerstag nachmittag, fünf Uhr, stand Chris vor ihrem Kleiderschrank und starrte hinein. Sie stand schon seit zwanzig Minuten da und suchte vergeblich nach einem passenden Kleid. Ihre gute Fee mußte Urlaub genommen haben, denn es kam kein märchenhaftes Gewand vom Himmel gefallen.

Das wenige, was sie besaß, war für Schule oder Arbeit gerade gut genug, aber nicht für eine Abendeinladung. Es gab mehrere Möglichkeiten. Sie konnte den schwarzen Rock und dazu die blaßrosafarbene Seidenbluse anziehen, die sie vor ein paar Jahren auf dem Wühltisch eines Secondhandshops gefunden hatte. Vielleicht sieht man das Loch im Ärmel gar nicht, wenn ich ihn hochkrempele, dachte sie, als sie die Bluse vom Kleiderbügel nahm und anprobierte.

Zwecklos; es war zu sehen. Sie warf die Bluse beiseite. Da war immer noch das beigefarbene Strickkleid, das sie sich in einem Billigkaufhaus für Jons Schulabschlußfeier gekauft hatte. Der Erdbeerpunchfleck war natürlich nie richtig rausgegangen, aber abends . . .

Nein. Chris ließ sich auf die Bettkante fallen. Es blieb ihr nur noch eins. Sie hob den Telefonhörer ab und wählte die Nummer von Karens Praxis. »Entschuldige, daß ich dich störe, aber hast du sehr viel zu tun?«

»Massenweise, hier wimmelt es von Fußwarzen und Hammerzehen wie gewöhnlich, aber ein paar Minuten Zeit habe ich. Was gibt's?«

»Nick will heute mit mir ausgehen; in die *Villa Roma.*«

»O Chris, das ist wunderbar! Das ist das tollste Lokal in der Stadt. Das scheint ja eine heiße Sache zu werden mit dir und deinem Italiener. Was kann ich für dich tun? Brauchst du mich als Anstandswauwau?«

Chris lachte. »Nein, das Problem ist, daß ich nichts anzuziehen habe. Und ich möchte Nick nicht in Verlegenheit bringen. Ich weiß, du bist einen Kopf größer als ich, aber ich hoffe, daß du trotzdem etwas hast, das mir passen könnte. Vielleicht eine hübsche Bluse zu meinem schwarzen Rock oder so.«

»Wann holt er dich ab?«

»Halb acht.«

»Ich müßte bald mit meinem letzten Patienten fertig sein. Du kannst dich schon mal baden, pudern und parfümieren. Die Kavallerie rückt in ungefähr einer und einer halben Stunde an.«

Als Chris ihr Haar getrocknet und ihre Unterwäsche angezogen hatte, war Karen schon mit einem Stapel Kleider über dem Arm und einer Einkaufstüte in der Hand zur Stelle. Im Schlafzimmer probierte Chris ein Teil nach dem anderen an.

Ein lilafarbenes Trägerkleid, in dem Karen großartig wirkte, sah an Chris schrecklich aus. Die Farbe war zu stark, und Chris sah aus wie ein kleines Mädchen, das mit Mutters Abendkleidern spielt.

»Was mache ich bloß, Karen? Er kommt in einer halben Stunde.«

»Keine Angst«, sagte die dunkelhaarige Frau und hob den Zeigefinger. »Das Beste habe ich bis zum Schluß aufgehoben.« Sie griff in die Einkaufstüte, zog etwas Flatterndes aus blauer Seide heraus und hielt es Chris hin.

Das Kleid war so schön, daß Chris es wie gebannt betrachtete. »So etwas Wunderschönes habe ich noch nie gesehen.« Das Oberteil des Kleides war einfach geschnitten, aber mit herrlichen Applikationen von Blumen und Blättern versehen, mit Seidenfäden bestickt, und eine Reihe glitzernder Perlen verlief vom Halsausschnitt über die Schultern zum Ärmelsaum. Der Rock war weit schwingend.

»Sehr hübsch, nicht wahr? Und es müßte passen. Meine Tante Irene, weißt du, die in Südfrankreich wohnt und mit einem Grafen verheiratet ist, hat es mir zu Weihnachten geschickt. Die arme Frau will einfach nicht einsehen, daß in ihrer Verwandtschaft jemand so unförmige Proportionen haben kann wie ich. Dieser Traum von einem Kleid ist mir zu klein. Nun zieh es schon an! Dir müßte es doch passen!«

Es war perfekt. Chris wirbelte vor dem Spiegel ihres

Kleiderschranks herum. Dann schaute sie auf ihre Füße. »Schuhe.« Sie wühlte in ihrem Schrank, fand ein Paar Riemchensandalen mit hohen Absätzen und zog sie an. Dann drehte sie sich langsam im Kreis. »Was sagst du jetzt?«

»Donnerwetter! Was machst du mit deinen Haaren?«

»Also, ich . . .«

»Das dachte ich auch. Setz dich und überlaß dich Tante Karens magischen Händen!« Während sie bürstete, flocht und eindrehte, fuhr sie fort: »Diese Sache mit Nick scheint ernst zu werden, sonst würdest du nicht deinen Studienabend opfern.«

»Morgen habe ich keine Vorlesungen. Alle Professoren meiner Fakultät fahren zu einer Tagung nach Dallas; ich habe also frei. Als ich das Nick am Dienstag erzählte, bestand er darauf, mich auszuführen.«

»Aha, Dienstag abend auch?«

»Er brachte etwas zum Grillen fürs Abendessen mit und blieb eine Stunde oder so. Wenn ich mich noch oft mit ihm treffe, bin ich bald dick und fett. Himmel, wir tun nichts als essen und meine Wäsche waschen.«

Karen zog eine Braue hoch. »Sonst nichts?«

Chris fühlte, wie sie rot wurde, als sie an ihre heißen Küsse und Liebkosungen nach dem Abendessen am Dienstag dachte. Ohne die Frage ihrer Freundin zu beantworten, bewunderte sie ihre neue Frisur im Spiegel. »Das sieht großartig aus. Lässig elegant, würde ich sagen. Hast du schon mal daran gedacht, den Beruf zu wechseln?«

»Ich glaube, lieber nicht. Sonst hätte ich ja all die Jahre umsonst studiert. Aber du solltest noch schnell etwas Make-up auflegen.«

Chris steckte gerade wieder die Kappe auf ihren

Lippenstift, als Jon an die Tür klopfte. »Mom, Nick ist da.«

»Ich komme«, rief sie. Aufgeregt wandte Chris sich zur Tür.

»Moment mal, du brauchst noch ein bißchen mehr Lidschatten.« Karen nahm einen Pinsel und machte ein paar geschickte Striche. »So. Jetzt siehst du umwerfend aus.«

Chris atmete tief ein, schaute zu ihrer Freundin auf, die wie eine stolze Mutter beim Schulabschlußfest ihrer Tochter strahlte. »Karen, das ist mein erstes Rendezvous seit dreizehn Jahren. Ich bin schrecklich nervös.«

»Das ist ganz natürlich, aber komm jetzt! Ich bin schrecklich neugierig auf deinen . . . schönen Italiener.«

Plötzlich erregte ein Stückchen Papier, das auf dem Fußboden lag, Chris' Aufmerksamkeit, und sie bückte sich danach. »Was ist das?«

Bevor sie es sich genauer ansehen konnte, hatte Karen es ihr schon aus der Hand genommen und in die Tasche gestopft. »Nur ein alter Einkaufszettel aus dem Supermarkt. Der muß noch in der Einkaufstüte gewesen sein. Beeil dich.« Damit nahm sie Chris am Arm. »Ich will doch deinen Schwarm kennenlernen.«

»Warte mal!« Chris machte sich los. »Das war kein Kassenzettel aus dem Supermarkt. Das war eine Quittung von Annettes Boutique, die ich zufällig kenne, und das ist ein exklusiver kleiner Laden in der Nähe deiner Praxis. Die verkaufen keine Gurken und auch keine Toilettenreiniger.« Ihre Augen wurden schmal. Sie sah auf das Kleid, das sie trug, dann zu ihrer Freundin. »Karen Holder, deine Tante Irene hat dir dieses Kleid nicht zu Weihnachten geschickt, oder?«

Karen sah sie mit großen, gespielt unschuldigen

Augen an, reckte sich zu ihrer vollen Größe von einsfünfundsiebzig hoch. »Ja, glaubst du denn, ich könnte dich anlügen?«

»Schlecht.« Chris griff nach hinten an den Reißverschluß. »Das mußt du zurückbringen.«

»Das kann ich nicht. Es war heruntergesetzt.«

Chris seufzte. »Dann gib mir die Quittung.«

»Auf keinen Fall. Betrachte es als Geburtstagsgeschenk.«

»Mein Geburtstag ist im Januar.«

»Wirklich?« Karen zuckte die Schultern. »Es ist ein bißchen früh, na und.« Bevor Chris weiterdiskutieren konnte, sagte sie: »Du bist seit langer Zeit meine beste Freundin, und wir sind viel zusammengewesen. Du hast es mehr als irgend jemand sonst verdient, glücklich zu sein. Ich bin so froh, daß du einen Mann gefunden hast, der dich zu schätzen weiß, und ich möchte, daß du dieses Kleid trägst. Ich kann es mir leisten, und ich möchte, daß du es als Geschenk annimmst, ohne daß ich mir noch mehr Geschichten ausdenken muß; und jetzt will ich kein Wort mehr davon hören!«

Beide hatten feuchte Augen, als sie sich umarmten. »Vielen Dank«, flüsterte Chris. »In ein paar Jahren kaufe ich dir auch etwas schändlich Schönes zum Geburtstag.«

Arm in Arm gingen sie hinunter zu Nick.

Nachdem sie sich begrüßt hatten, zwinkerte Nick Chris zu. »Aha, jetzt weiß ich, mit wem du die Montagabende verbringst. Karen, ich war schon eifersüchtig, weil Chris mir sagte, daß sie montags immer in die Praxis eines Orthopäden geht.« Er lächelte warmherzig. »Ich freue mich, eine gute Freundin von Chris kennenzulernen.«

Karen musterte ihn von Kopf bis Fuß. »Er sieht großartig aus«, sagte sie laut. Nicks Grinsen störte sie überhaupt nicht. »Haben Sie noch einen Bruder?«

Nick ging auf Chris zu und legte ihr einen Arm um die Schulter, als sei das die selbstverständlichste Sache der Welt. »Habe ich tatsächlich. Michael ist Anwalt und wohnt in Chicago. Wenn er das nächste Mal kommt, werden Sie ihn kennenlernen.«

Chris freute sich insgeheim, daß Nick, auch als sie sich von Karen verabschiedeten, kein Auge von ihr wandte. Offensichtlich gefiel ihm ihre Aufmachung. Nachdem sie die Haustür hinter sich zugezogen hatten und in den feucht warmen Abend hinaustraten, küßte er ihr die Hand. »Du siehst heute wunderschön aus.«

»Danke.« Als er ihr in den Wagen half, fügte sie hinzu: »Und du siehst auch gut aus. Einen Augenblick dachte ich, Karen könnte versuchen, dich mir auszuspannen.« Sie lächelte verschmitzt.

»Keine Angst, Liebes. Aber ich mag deine Freundin. Sie ist ehrlich, nicht wahr?«

»Absolut. Das ist etwas, was wir gemeinsam haben. Obwohl wir uns in vielen Dingen unterscheiden, sind wir schon befreundet, seit wir vor fast sieben Jahren eine Zeitlang fast Tür an Tür gewohnt haben. Sie hatte gerade ihre Praxis eröffnet. Unsere Freundschaft hat gehalten, obwohl wir beide nach einem Jahr wieder umgezogen sind.«

Auf dem Weg zum Restaurant unterhielten sie sich über alte Freunde, Erinnerungen und lustige Geschichten aus Kindertagen.

Vor der *Villa Roma* öffnete ein Parkwächter, gekleidet wie ein römischer Heerführer, die Tür für Chris, und Nick führte sie durch einen üppig bepflanzten Hof voller römischer Statuen und Brunnen. Eine lächelnde Hosteß in goldenen Sandalen und lilafarbener Stola erwartete sie an einem Säulenportal. Sie verneigte sich. »Guten Abend, Miß Ponder, Mr. Russo. Ich bin Vesta. Bitte folgen Sie mir.«

Sie gingen zwischen Zypressen und Marmorsäulen hindurch an Männern und Frauen in farbenprächtigen Togas und Scherpen vorbei, die herrliche Speisen auftrugen. ›Sklaven‹ mit muskulösem, geöltem Körper, goldenem Lendenschurz und phantastischem Kopfschmuck trugen Karaffen mit Wein oder fächelten den Gästen mit Palmzweigen Frischluft zu. Es herrschte eine Atmosphäre von Lust und Schwelgerei in der großen Halle.

Vesta führte sie an den Rand einer kreisförmigen Arena zu einer der kleinen mit Wandteppichen ausgeschmückten Nischen. Ein Plüschsofa hinter dem Marmortisch war bedeckt mit Dutzenden von Seidenkissen. Auf dem Tisch flackerten kleine Öllämpchen, die einen wunderbaren Duft verbreiteten.

Als sie Platz genommen hatten, hob die Hosteß die Hand, und eine Platte mit Trauben und anderen kleinen Leckerbissen wurde vor ihnen auf den Tisch gestellt und ein nur spärlich bekleideter Mann goß Wein in ihre goldenen Becher.

»Wann startet die Orgie?« flüsterte Chris hinter vorgehaltener Hand.

Nick lachte leise. »Wann immer du willst, Liebes.« Seine Stimme klang tief und vielsagend.

Der halbnackte ›Sklave‹, der den Wein eingoß, sah Chris an und zwinkerte ihr zu. Sie machte große Augen, dann mußte sie lachen. »Hallo, George.« Sie schüttelte den Kopf und musterte den gutaussehenden jungen

Schwarzen vom Federturban bis zum knappen Lendenschurz. »Deine Aufmachung gefällt mir.«

Bis auf ein schwaches Zucken der Mundwinkel und ein Aufblitzen der Augen blieb sein Gesicht unbewegt, als er sich formvollendet verbeugte und zurückzog.

Nick sah sie fragend an. »Kennst du ihn?«

Chris nickte. »George Davis. In der High School hat er mit Jon zusammen Football gespielt. Glaubst du, er hat es gehört?«

»Was denn?«

»Das mit der Orgie?«

»Bestimmt nicht.«

Nick reichte Chris einen der goldenen Becher und prostete ihr zu. »Auf die Orgie.«

»Nick!«

Er lachte und steckte ihr eine Traube in den Mund.

Eine junge Frau in römischem Gewand trat auf, sang mit wunderschöner Stimme und spielte dazu auf einem alten griechischem Instrument, einer Lyra. Kurz darauf führte ein Jongleur seine Künste vor.

Chris und Nick nippten vom Wein und suchten sich kleine Häppchen Fisch und Geflügel, Fleisch und Gemüse von den Platten aus, die phantasievoll kostümierte Bedienungen ihnen anboten. Sie lachten und scherzten und fütterten sich gegenseitig mit exotischen Köstlichkeiten. Weinbecher wurden wie von Geisterhand aufgefüllt, Schüsseln mit warmem, parfümiertem Wasser und feine Leinenhandtücher standen plötzlich vor ihnen und verschwanden wieder, während sie aßen.

Ein großer Mann in eleganter Toga machte vor ihrer Nische halt und verneigte sich. »Ist alles zu Ihrer Zufriedenheit?«

Chris starrte ihn an und dachte stirnrunzelnd nach, wo

sie das Gesicht schon einmal gesehen hatte. »Bill Simmons«, rief sie aus, als ihr einfiel, daß er der Mann von Nicks Schwester Amelia war. »Ich habe Sie fast nicht erkannt. Was machen Sie hier?«

Er verbeugte sich wieder. »Ich bin der Aufseher dieses Hauses, Madam, Billius Maximus.« Dann grinste er sie an. »Ich bin der Manager. Nick hat es gerne, wenn alles in der Familie bleibt.«

Ein Zauberer in ägyptischem Gewand unterhielt das Publikum und zog sich zurück, als der Nachtisch aufgetragen wurde.

»Ich wußte gar nicht, daß dir die *Villa Roma* auch gehört.« Chris staunte, als sie sich etwas von dem sündhaft guten Konfekt auf einem der Tabletts aussuchte.

Er nickte. »Gefällt es dir hier?«

»Es ist wunderbar. Ich hatte lange nicht mehr so viel Spaß.«

»An den Wochenenden ist das Unterhaltungsprogramm in der Arena noch reichhaltiger; Tänzerinnen, Akrobaten und Gladiatoren treten auf. Ich glaube, das würde dir gefallen.«

Sie seufzte. »Am Wochenende fahre ich den Abschleppwagen.«

»Wie konnte ich das nur vergessen?« Er hob ihre Hand und entfernte mit seinen Lippen einen Rest Schokolade von ihren Fingern. »Die Stelle in Carmines Buchhaltung ist noch frei und gut genug bezahlt, daß du am Wochenende nicht mehr zu arbeiten brauchtest.«

Als er das Gehaltsangebot nannte, war sie schockiert. Es war wesentlich mehr, als sie bei all ihren verschiedenen Jobs zusammen verdiente, und viel mehr als normalerweise üblich. Es war verführerisch. Sehr verführerisch. Aber Chris wollte Nick nicht als Chef. Das würde die Abhängigkeit und Kontrolle nach sich ziehen, die sie immer vermeiden wollte. Nein, nach ihrer Abschlußprüfung in ein paar Wochen würde sie sich selbst einen Job suchen.

»Nein, aber vielen Dank für das Angebot.« Nick wollte protestieren, aber sie legte ihm den Finger auf den Mund. »Sch. . . Wir wollen uns nicht den Spaß verderben!«

George kam in seinem Lendenschurz angetänzelt und goß Wein nach. Der Rest des Abends verging wie im Flug, während sie Wein tranken, lachten und zu langsamen und schnellen Rhythmen tanzten. Chris war nicht erstaunt darüber, daß Nick sich auch noch als phantastischer Tänzer erwies.

Als die Band ihr letztes Lied beendete, sagte er: »Es tut mir leid, Cinderella, das Fest ist aus.«

»Oh, schade«, entgegnete Chris und machte einen Schmollmund.

Nick lachte in sich hinein, nahm ihre Handtasche und die hochhackigen Schuhe, die sie vorher ausgezogen hatte, und führte Chris nach draußen. »Ich glaube, du bist ein bißchen beschwipst, kleiner Tiger«, flüsterte er, als sie durch den Innenhof gingen.

Chris hielt sich an seiner Hand fest, tanzte und drehte sich zu einer imaginären Musik. »Nein, ich fühle mich wunderbar.« Sie riß sich los und rannte zu einem kleinen Brunnen mit einer Fontäne in der Mitte. Sie stieg auf den erhöhten Rand des Beckens und balancierte darauf entlang. Dann blieb sie stehen und spähte in das flache Becken, in dem Kupfermünzen im Licht der Fackeln glitzerten. »O Nick, ein Wunschbrunnen.« Sie strahlte ihn an. »Laß uns schwimmen gehen.«

Nick packte sie um die Taille, als sie Anstalten machte, ins Wasser zu springen. Er lachte. »Ich weiß einen besseren Platz zum Schwimmen. Und du brauchst zuerst einen Kaffee.«

Auf dem Heimweg kuschelte sich Chris an Nick, während er fuhr. Sie legte den Kopf auf seine Schulter und den Arm über seine Brust und rutschte immer näher. »Es hat mir so gut gefallen heute abend! Habe ich dir schon gesagt, wie gut es mir gefallen hat?«

Er streichelte sie mit einer Hand. »Ja, das hast du.«

»Gehen wir im Mondschein schwimmen?«

»Wenn du möchtest.«

»Ich bin noch nie im Mondschein geschwommen.« Sie rutschte noch näher und strich langsam mit ihrer Hand über seinen Oberschenkel und schmiegte ihr Gesicht an seinen Hals.

Ein paar Minuten später kamen sie zu Nicks Haus, und er ging mit Chris im Schlepptau in Richtung Küche.

»Warum hast du es so eilig? Wo willst du hin? Zum Pool geht es doch da rüber.«

Nick verringerte sein Tempo, behielt aber die Richtung bei. »Ich mache dir zuerst einen Kaffee, Liebes.« In der Küche drückte er sie auf einen Stuhl. »Setz dich dahin! Es dauert nicht lange.« Er warf Jacke und Schlips auf den Tisch und ließ Wasser in den Topf laufen. Als es anfing zu kochen, drehte er sich nach Chris um.

Der Stuhl war leer.

Panik ergriff Nick, und er lief nach draußen. Neben dem schwach erleuchteten Pool war Chris' Kleid das erste, was er sah. Es lag auf dem Boden. Ein Stück davon entfernt balancierte Chris selbst auf einem Bein in dem Versuch, ihre Strumpfhose auszuziehen. Nick öffnete bereits im Laufen den Reißverschluß seiner Hose.

»Nicht, Chris!«

Eine Sekunde später tauchte sie mit einem perfekten Kopfsprung in das tiefe Ende des großen Swimmingpools. Rasend schnell und fluchend schleuderte Nick Hose und Schuhe von sich und sprang hinter ihr her. Er griff unter Wasser nach ihr, kam aber mit leeren Händen an die Oberfläche. Als er auftauchte, kicherte Chris neben ihm und spritzte ihm Wasser ins Gesicht, dann schwamm sie schnell davon. Er holte sie am flachen Ende des Beckens ein und drängte sie an den Rand. Er packte sie bei den Schultern und schüttelte sie. »Um Himmels willen, Chris, was machst du?«

Ihre Augen wurden groß. »Ich schwimme.« Sie versuchte, sich loszumachen, aber er hielt sie fest. »Du tust mir weh«, sagte sie vorwurfsvoll.

Nick lockerte seinen Griff und zog sie an sich. »Liebes, das tut mir leid, aber ich habe mich zu Tode erschrocken, als ich dich ins Wasser springen sah.«

»Warum denn?« Sie sah ihn erstaunt an. Seine Haare waren naß, und Wasser lief ihm übers Gesicht, und er sah erotischer aus denn je. »Ich kann ausgezeichnet schwimmen. Ich gebe jeden Sommer Schwimmunterricht im YMCA.«

»Das wußte ich nicht. Und außerdem hattest du ein bißchen zuviel Wein getrunken, um alleine zu schwimmen.«

»Ich bin jetzt wieder völlig nüchtern«, flüsterte sie und sah ihm in die Augen, bemerkte die Wassertropfen in seinen langen dunklen Wimpern, die schimmerten, als er sich ihr näherte.

Sein Mund schloß sich über dem ihren zu einem hungrigen Kuß, und sie schlang die Arme um ihn. Während das warme Wasser um ihre Körper plätscherte, glitten seine Hände über ihren Rücken, streichelten die zarte, glatte Haut, wanderten dann weiter nach unten, wo ihr Slip auf den Rundungen ihrer Hüften saß. Als er seine Finger unter den dünnen Stoff schob, ihren Po umfaßte und sie an sich preßte, verkrampfte sie sich. Er zog seine Hände zurück und umklammerte den Beckenrand, so daß nur seine Lippen sie noch berührten, während sie sanft eingeschlossen zwischen seinen Armen stand.

Als er sich von ihr löste, lächelte Chris. »Schwimmst du immer im Hemd?«

»Nur, wenn man mich so furchtbar erschreckt, daß ich keine Zeit mehr habe, es auszuziehen. Meine Socken habe ich auch noch an, oder wenigstens eine.« Er griff unter Wasser und brachte einen triefenden schwarzen Strumpf zum Vorschein. Er warf ihn auf den Beckenrand. »Die andere habe ich irgendwo hier im Pool verloren.«

»Ich finde sie bestimmt.« Chris tauchte unter seinem Arm durch und schwamm davon.

Nick knöpfte das klebende Baumwollhemd auf, zog es aus, klatschte es über den Rand und folgte Chris. Sie spielten im Wasser, schwammen und bespritzten sich, lachten während der Suche nach dem verschwundenen Strumpf.

»Ich habe ihn gefunden!« Lachend hielt Chris ein nasses schwarzes Etwas über ihren Kopf und winkte damit. Sie stopfte den Strumpf in ihren BH und schwamm ans flache Ende des Pools. Atemlos drehte sie sich im Wasser auf den Rücken, ließ sich treiben und betrachtete die Sterne am Himmel.

Ein starker Arm schlang sich von hinten um sie und zog sie gegen einen harten, nassen Körper. »Hilfe!« Ein zweiter Arm legte sich über ihre Brust und ihre Arme. Nicks Lippen strichen über ihr Ohr, und er biß ihr spielerisch in den Hals, als sie leise lachte. »Gib mir meine Socke«, verlangte er und griff nach einem Zipfel, der aus dem BH herausbaumelte.

»Neiiiin!« Sie quietschte, hielt die Hände vor die Brust und lachte, als er sie kitzelte und sich mit ihr balgte, um die Socke aus ihrem geheiligten Versteck zu holen. Bei ihrem Kampf geriet seine Hand in ihren BH. Als seine Finger ihre Brustwarze berührten, die aufgerichtet und hart war, zuckte Chris zusammen und zog den Atem ein.

Nicks Hand verharrte in der Bewegung, dann schlossen sich seine Finger langsam über der weichen Rundung und er streichelte sie sanft. Chris seufzte und lehnte sich nach hinten gegen Nicks Brust. Der Strumpf trieb ungeachtet davon, ging langsam unter, während Chris das Gefühl genoß, Nicks Hände auf ihrem Körper zu spüren. Sie hob ihre Brust gegen seine Hand, und er antwortete mit einem sanften Massieren und hauchzarten Küssen auf ihrer Schulter.

»Magst du das?« Er brachte nur ein leises Flüstern heraus.

»Mmmm.« Sie spürte, wie seine Hand sich dem Verschluß ihres BHs näherte und ihn öffnete.

»Liebes, ich will dich nur streicheln.« Nick umschloß mit jeder Hand eine Brust, als Chris vor ihm stand, die Brüste nur halb unter Wasser. Während er sie zärtlich streichelte, schwappte das warme Wasser gegen ihre Brustwarzen, und die kühle Nachtluft strich über sie hinweg.

Jeder Nerv in Chris' Körper schien angespannt. Das Gefühl seiner Hände, des Wassers und der Luft auf ihren nackten Brüsten kam ihr so phantastisch, so köstlich, so erotisch vor, wie sie es sich nie hätte träumen lassen. Nick küßte Chris auf den Hals und biß ihr zärtlich ins Ohrläppchen. Mit einer Hand strich er ihr langsam über den Bauch, während er mit der anderen weiter ihre Brust streichelte. Chris zog unter seiner Berührung ihre Bauchmuskeln zusammen. Sie fühlte, wie seine Hand über ihre Hüfte zur weichen Innenseite ihrer Schenkel glitt, und ein tiefes Verlangen ergriff sie.

»Ist das gut?« Nick sprach leise und heiser in ihr Ohr.

Chris nickte und drängte ihre Hüfte gegen ihn.

Nick stöhnte. Sie hielt still. »Nicht aufhören. Ich habe es gerne, wenn du deine herrlichen Rundungen an mir reibst.« Zaghaft bewegte sie ihr Becken hin und her. »Ah, das ist gut. Leg deine Hände auf meine, Liebes. Führe sie dahin, wo du sie haben möchtest.« Als sie zögerte, schob er seine Finger weiter zwischen ihre Schenkel.

Sie verkrampfte erschrocken ihre Muskeln. Er zog seine Hand zurück, und Chris entspannte sich.

»Ich mag es, wenn du meine Brüste streichelst.« Sie sprach so leise und atemlos, daß sie sich selbst kaum hören konnte.

Aber er hatte sie verstanden. Er umschloß ihre Brüste wieder mit beiden Händen und streichelte ihre Brustwarzen sanft mit den Daumen. »So?«

Sie nickte.

»Dann gefällt dir das bestimmt auch.« Er drehte Chris um und hob sie hoch. »Leg deine Beine um meine Taille.« Dann beugte er sich über sie und begann, an einer ihrer Brustwarzen zu saugen.

Chris rang nach Luft. Sie bog sich nach hinten und schlang ihre Beine fester um seinen Körper. Nicks Lippen lösten sich von ihrer Brustwarze, er kreiste mit seiner Zunge um die andere, bevor er sie in den Mund nahm. Chris durchwühlte sein nasses Haar mit ihren Fingern und zog seinen Kopf noch näher an sich. »O Nick.« Sie verging fast vor Verlangen.

»O Tiger.« Nick lachte in sich hinein, während er sein Gesicht gegen ihre herrlichen Rundungen rieb. »Du machst mich wahnsinnig.« Er löste sich sanft aus der Umklammerung ihrer Beine und führte Chris zur Treppe des Schwimmbeckens. »Es ist sehr spät geworden, und ich muß dich nach Hause bringen. Warte, ich hole dir ein Handtuch.«

Während Chris sich am Beckenrand festhielt, zitterte sie, aber nicht vor Kälte, sondern vor Verlangen. Ihr war heiß und kalt zugleich, sie fühlte sich wunderbar und elend. Und schrecklich verwirrt.

7

Chris bog von der Richmond Street ab und sah den roten Porsche im Straßengraben. Ein glatzköpfiger Mann mittleren Alters stand an den Wagen gelehnt. Es war ein Uhr nachts, als Chris den großen schwarzen Abschleppwagen stoppte, ausstieg und auf den Mann zuging. Sie konnte seine Alkoholfahne zehn Meter weit riechen.

»Haben Sie den Abschleppwagen gerufen?«

Der Mann taxierte sie von oben bis unten. »Oh, hallo, Süße. Ich wußte nicht, daß hübsche kleine Käfer wie du Schlepper fahren dürfen.« Er stieß sich vom Wagen ab und wankte auf Chris zu. »Aber ich laß mich gerne von dir abschleppen, Baby. Die Nacht ist noch jung.«

Sein Zwinkern sollte sexy wirken, aber Chris fand es eher widerlich. »Sie haben schon zu lange gefeiert, Mister. Ich bin nicht interessiert.«

Der Mann warf sich in die Brust und setzte wieder sein anzügliches Grinsen auf. »Laß dich von meiner Glatze nicht täuschen, Kleines. Das ist nur das Solardach für die Sexmaschine.«

Chris verdrehte die Augen. »Okay, Mister. Ich habe klar gesagt, daß ich nicht interessiert bin. Soll ich jetzt Ihren Wagen aus dem Graben hieven oder nicht?«

Er hatte die Lider halb geschlossen und starrte lüstern auf Chris' Jeansreißverschluß und dann auf die Vorderseite ihres roten Sweatshirts. »Du sollst diese roten Titten hier herüberhieven, damit der alte Norm fühlen kann, ob sie so heiß sind, wie sie aussehen!« Er machte einen Satz auf Chris zu. Sie sprang zur Seite, und er landete der

Länge nach im Dreck. Bevor er sich aufrappeln konnte, war Chris im Abschleppwagen und brauste davon.

Ihr Herz klopfte, als sie die Straße hinunterraste, und sie hielt sich krampfhaft am Lenkrad fest, um nicht zu zittern. Schließlich fuhr sie auf einen hell beleuchteten Parkplatz, auf dem sie schon einmal gestanden hatte, um dort zu warten, bis sie sich wieder beruhigt hatte. Sie kreuzte die Arme auf dem Lenkrad, lehnte die Stirn dagegen und atmete ein paarmal tief durch. Dieser schreckliche Lustmolch! Sie hätte ihn mit dem Abschleppwagen überfahren und wie ein widerliches Ungeziefer zerquetschen sollen! Bei dem Gedanken, daß er sie hätte anfassen können, bekam sie Gänsehaut. Er war noch vulgärer und abstoßender gewesen als Curt in seinen schlimmsten Zeiten. Oder nicht?

Chris wurde nachdenklich. War Curt vulgär und widerlich gewesen? Sie war jung und unerfahren gewesen, als sie geheiratet hatten, und hatte keine Vergleichsmöglichkeit gehabt – aber jetzt hatte sie sie. Zuerst hatte Curt sehr anziehend auf sie gewirkt. Seine Küsse und Liebkosungen in der Zeit ihres Kennenlernens hatten ihr gefallen. Die Probleme kamen erst nach der katastrophalen Hochzeitsnacht. Er war angetrunken und rauh gewesen, fast roh – und selbstgefällig, wie immer.

Jetzt wußte sie, daß er ein lausiger Liebhaber gewesen war und sie gar nicht der kalte Fisch, als den Curt sie immer bezeichnet hatte. Ihre Reaktion auf Nick bewies das. Vielleicht gab es Hoffnung für sie.

Sie sah über den Parkplatz hinweg zu dem rot überdachten Eingang des *Le Bœuf* und mußte lachen, als sie an ihr erstes Zusammentreffen mit Nick Russo dachte. Ein Blick, und ihre Knie waren so weich wie

Butter gewesen. Und es war seitdem nur noch schlimmer geworden. Oder besser, je nach dem, wie man es sah.

Nachdem sie sich von der Kraftprobe mit Ekel Norm einigermaßen erholt hatte, startete Chris den Motor und fuhr los. Auf dem Weg zur Parkplatzausfahrt fiel ihr plötzlich etwas ins Auge, das sie heftig auf die Bremse treten ließ.

Jons Camaro. So einen gab es nicht noch einmal. Chris setzte zurück und sah auf das Nummernschild. Er hatte ihr gesagt, er hätte eine Verabredung für heute abend und käme spät nach Hause. Warum stand sein Wagen auf dem Parkplatz des *Le Bœuf*?

Es gab nur einen Grund.

Chris stieg aus und ging auf den Club zu. Der Wächter mit dem Milchgesicht lächelte und sprach sie an, als sie näher kam. Er öffnete ihr die Tür, aber sie warf ihm im Vorbeigehen nur einen kurzen Blick zu.

Drinnen war es dunkel wie in einem Grab, aber die laute Musik und das Gekreische der Frauen hätten jeden Toten, der etwas auf sich hielt, auf die Beine gebracht. Eine Stimme tönte aus dem Lautsprecher. »Wollen Sie, daß er es abnimmt, meine Damen?«

Chris zuckte bei dem Geschrei des Publikums zurück und kniff die Augen zusammen, um durch die Rauchschwaden sehen zu können.

»Willkommen im *Le Bœuf*, Schätzchen!« Weiße Zähne und eine rote Fliege tauchten vor ihr auf. »Oh, he, Sie sind Mr. Russos Freundin! Kommen Sie, ich suche Ihnen einen Tisch ganz vorne.«

»Ich brauche keinen Tisch. Ich suche meinen Sohn. Den Wikinger.«

»Äh . . . Am besten warten Sie hier, und ich hole den Manager.« Die Zähne und die Fliege verschwanden.

Chris wartete nur ein paar Sekunden, bis sich ihre Augen an die Dunkelheit gewöhnt hatten, dann eilte sie in den großen Clubraum und drängte sich durch die Menge schier wild gewordener Frauen. Sie konnte aber durch die vielen Köpfe und winkenden Arme nichts sehen, deshalb stützte sie sich auf die Schultern einer drallen Blondine, kletterte auf einen Tisch und schrie plötzlich auf, als sie auf einer der Bühnen zwei Hörner auftauchen sah.

»Jon Paul Ponder! Ich bring dich um!«

Ihr Schrei ging im allgemeinen Getöse unter. Sie sprang vom Tisch und boxte sich durch den kreischenden Mob. Als sie endlich an der kleinen Plattform ankam, war sie in Schweiß gebadet, und ihr Haarknoten hing schief. Chris schob eine Frau, die einen Fünfdollarschein in Jons Fellschurz stopfte, und eine, zu der er sich gerade hinunterbeugte, beiseite. Die Hände in die Hüften gestemmt, stand sie vor ihm und schoß ihm aus schmalen Augen einen tödlichen Blick zu.

»Wikinger! Mach dich für Walhalla, den Ruheort aller im Kampf Gefallenen, bereit!«

Er rührte sich nicht.

Sie hatte ein Knie auf der Bühne, als sie jemand von hinten um die Taille faßte und herunterzog. »Laß mich los!«

»Chris, ich bin's, Sal Milella«, schrie jemand neben ihr. »Beruhigen Sie sich! Kommen Sie in mein Büro, wir müssen miteinander reden.«

»Ich will nicht mehr reden. Ich plane Mord!« Chris versuchte, sich aus seinem Griff zu winden. »Und Sie sind der erste auf meiner Liste.«

»Autsch, Chris, verdammt, seien Sie vernünftig! Nick wird der erste sein, der mich umbringt, wenn er hört, daß ich Sie hart angefaßt habe, aber ich kann Sie wirklich nicht auf die Bühne lassen. Das wäre die Hölle. Kommen Sie«, bettelte er. »Ich lasse Jon rufen.«

Sie schoß ihm einen funkensprühenden Blick zu, dann stampfte sie in Richtung Büro, während er mit einem der Kellner sprach.

Mit unvermindertem Zorn betrat sie Sals Büro und murmelte leise Flüche vor sich hin. Als Sal eintrat und die Tür hinter sich zuzog, wirbelte sie herum. »Wo ist Jon?«

Der junge Manager stand mit dem Rücken zur Tür und machte ein Gesicht, als wolle er lieber durchs Aligatorenbecken waten als Chris Rede und Antwort stehen. »Das war die letzte Nummer für heute abend. Er kommt gleich, wenn er sich umgezogen hat.« Er ging einen Schritt auf sie zu. »Chris, bitte . . .«

Sie brachte ihn mit einem wütenden Blick zum Schweigen. »Unglaublich, daß Sie Jon wieder eingestellt haben, obwohl Sie wußten, wie ich darüber denke.«

»Chris, ich verstehe, ehrlich gesagt, nicht, weshalb Sie so dagegen sind. Abgesehen von der Menge Geld, die für ihn herausspringt, hat er echtes Talent, und es macht ihm Spaß. Es ist doch völlig harmlos.«

»Warum gehen Sie nicht und wedeln mit Ihrem Hintern über die Bühne?«

Sal lachte. »Ich habe es versucht, aber Nick hat gesagt, daß ein Wasserbüffel mehr Gefühl für Rhythmus und Musik hat als ich. Er hat mich statt dessen zum Manager gemacht.«

»*Nick*?« Bis zu diesem Moment hatte Chris gedacht, sie könne nicht noch bleicher werden, als sie es schon war. Sie hatte sich getäuscht.

Die Tür zum Büro flog auf, und die Ursache ihres

geballten Zornes kam herein: Nick, in rotem Nylon-Trainingsanzug und Mokassins, fuhr sich mit der Hand durch das wirre Haar. »Was geht hier vor?«

Chris drehte sich um. »Gehört dir dieses Lokal?«

»Ja.«

»Wie konntest du nur, Nick?«

»Wie konnte ich was?« fragte er stirnrunzelnd und sah von Chris zu Sal. »Was ist denn los? Jemand hat mich aus dem Schlaf geklingelt und gesagt, Sal brauche mich sofort und es sei etwas mit Chris, etwas Dringendes.« Er legte ihr die Hand in den Nacken und sah sie besorgt an. »Liebes, ist alles in Ordnung?«

Die Tür wurde erneut geöffnet, und Jon steckte seinen Kopf herein.

»Jon Paul Ponder!« schrie Chris. »Du hast Stubenarrest, bis du vierzig bist!? Es sei denn, ich bringe dich vorher um.«

»Aber, Mom . . .«

Plötzlich redeten alle auf einmal; Chris schrie einen nach dem anderen an und stieß Jon immer wieder mit dem Finger vor die Brust. Er flehte seine Mutter an, ihm zuzuhören. Sal versuchte, zu vermitteln, und Nick wollte herausfinden, was los war. Plötzlich steckte Nick seine Finger in den Mund und durchschnitt die Luft mit einem lauten, schrillen Pfeifton. »Ruhe!« Als alle still waren, sagte er: »Ich will endlich wissen, was hier los ist.«

Chris' Augen wurden schmal. »Warum hast du mir nicht gesagt, daß dir dieses Lokal gehört?«

»Darüber reden wir später. Was ist jetzt los?«

»Ich habe zufällig Jons Wagen draußen gesehen. Als ich hereinkam, scharwenzelte der Wikinger wieder mit seinem gehörnten Helm auf der Bühne herum.« Sie stieß wieder mit dem Finger gegen Jons Brust. »Du hast mir erzählt, du hättest dich mit Susan Bennett verabredet. Gestern abend auch. Hat das wenigstens gestimmt, oder warst du da auch hier?«

Jon ließ den Kopf hängen.

»Jon, hast du deine Mutter belogen?« fragte Nick.

Jon holte tief Luft und antwortete: »Yes, Sir! Ich mußte, weil ich hier arbeiten wollte.« Er wandte sich zu Chris und sah sie traurig an. »Mom, wenn Sal mich nicht feuert, dann habe ich vor, weiter hier zu arbeiten. Ich bin alt genug, meine eigenen Entscheidungen zu treffen und mein Schulgeld zu verdienen. Ich will nicht, daß du dafür mit diesem Abschleppwagen dein Leben riskierst. Ich habe immer Angst, daß dir etwas passiert. Und Nick auch. Er hat es mir gesagt.«

»Aber Jon, du weißt doch, was ich von diesem Lokal halte.«

»Ja, Mom, das weiß ich, und es tut mir leid, aber ich muß selbst entscheiden. Wenn du nicht nachgibst und mich selbständig werden läßt, dann ziehe ich eben aus.« Damit verließ er das Büro und schloß leise die Tür.

Chris stand wie angewurzelt da.

»Sal«, sagte Nick, »du kannst nach Hause gehen. Ich schließe ab.« Als sein Neffe nickte und ging, führte Nick Chris zu einer Couch in der Ecke. »Darling, ich weiß, es fällt dir schwer, das zu akzeptieren, aber dein kleiner Junge ist erwachsen. Du hast ihn gut erzogen, und er ist ein feiner junger Mann geworden. Es ist Zeit, daß er selbst Verantwortung übernimmt. Laß dir von Jon helfen. Er will es – und er braucht es. Glaub mir, ich weiß, wovon ich rede. Ich bin einmal in derselben Situation gewesen wie er jetzt.«

»Er kann als Möbelpacker arbeiten, aber nicht *hier*!«

»Chris, es ist nichts dabei, wenn er im *Le Bœuf* arbeitet.

Über seinen Freund George, der mit einem Lendenschurz als ›Sklave‹ in der *Villa Roma* herumlief, hast du dich amüsiert. Da ist kein Unterschied. Das ist professionelle Unterhaltung. Laß ihm den Spaß!«

»Ich kann mir nicht vorstellen, daß du mit so einem winzigen Fetzen Nichts über die Bühne scharwenzeln würdest.«

Ein vergnügtes Lächeln huschte über seine Lippen. »Du wirst dich wundern, aber ich bin mit einem genauso winzigen Fetzen Nichts über die Bühne scharwenzelt, wie du es ausdrückst. Ich habe in Jons Alter angefangen zu tanzen und mehrere Jahre so gearbeitet. Ich habe genug verdient, um mein Collegestudium zu finanzieren und den Club, in dem ich auftrat, zu kaufen. Ich habe ein Dutzend sehr lukrativer Lokale in ebenso vielen Städten besessen, bevor ich sie wieder verkauft habe und nach Houston gezogen bin.«

Ihre Augen wurden schmal. Sie versuchte, sich den distinguierten Nick Russo, den wohlhabenden Unternehmer und Vorstandsvorsitzenden mehrerer Banken im Lendengurt und Hüften schwenkend auf einer Bühne vorzustellen und schüttelte den Kopf. »Das glaube ich dir nicht.«

»Ich habe vielleicht ein bißchen Rost angesetzt und vielleicht schon vereinzelt graue Haare bekommen, aber ich denke, ein oder zwei Drehungen würden mir noch gelingen, wenn es sein müßte.« Chris schürzte skeptisch die Lippen. Einen Augenblick musterte Nick sie nachdenklich, dann stand er entschlossen auf und zog sie mit zur Tür. »Komm.«

»Wohin?«

»Du wirst schon sehen«, sagte er, während er sie eilig durch den leeren Clubraum zog. »Ich verstehe zwar, warum du diese Vogel-Strauß-Politik betreibst. Aber es ist Zeit, daß du den Kopf aus dem Sand ziehst und ein paar Realitäten ins Auge siehst.«

»Welchen Realitäten? Wovon redest du?«

»Du wirst schon sehen.« Er führte sie zur Bar und zog einen Hocker heran. »Setz dich.«

»Warum?«

Er packte sie um die Taille, setzte sie auf den Hocker und gab ihr einen Kuß auf die Nase. »Weil ich dir einen Drink mache.«

»Oh. Also, ich hätte nichts gegen eine Tasse Kaffee.«

Nick ignorierte ihren Wunsch und goß verschiedene Zutaten zusammen mit ein paar Eiswürfeln in einen Mixbecher und schüttelte. Dann goß er die Mischung in ein großes Glas, steckte einen Strohhalm hinein, legte eine Scheibe Ananas mit einer Erdbeere darauf und dekorierte das Ganze mit einem kleinen Sonnenschirm. »Deine Lieblingsfarbe.«

Mit einem Arm hob er Chris wieder vom Hocker, nahm sie bei der Hand und führte sie zwischen den leeren Tischen hindurch. An einem großen Tisch vor der Hauptbühne blieb er stehen und drückte Chris mit sanfter Gewalt auf die halbrunde Polsterbank.

»Zieh die Schuhe aus. Mach es dir bequem.« Er hob einen ihrer Füße, dann den anderen, zog ihr die Turnschuhe und die Socken aus und legte ihre Beine hoch. Dann stellte er den kühlen Drink mit dem Schirmchen vor sie hin. »Trink. Ich bin gleich wieder da.«

Sie nippte. Nicht schlecht, dachte sie, oder sogar köstlich. Aber als sie aufschaute, um es Nick zu sagen, war er verschwunden. Die schwache Beleuchtung und die gähnende Leere machten den Raum unheimlich.

Chris war noch nervöser als beim ersten Mal, als sie hier mit Nick alleine gewesen war. Sie trank einen großen Schluck von ihrem Drink.

Nick benimmt sich sehr seltsam, dachte sie. Was wollen wir hier? Wenn er mit mir reden will, dann ist das nicht der rechte Ort. Wo ist er überhaupt? Chris nahm noch einen Schluck.

Über ihr gingen schwache Lichter an. Sie schaute hoch. Die Decke war übersäht von winzigen blinkenden Lichtern, die wie kleine Sterne aussahen. Sie mußte an den Abend in seinem Swimmingpool denken, als sie auf dem Rücken liegend den Nachthimmel bewundert hatte. Sie wackelte mit den Zehen und sog an ihrem Strohhalm.

Aus dem Lautsprecher kamen plötzlich leise Klänge eines Synthesizers, die Chris an plätscherndes Wasser erinnerten. Dann begann eine Männerstimme zu tiefen Baßakkorden und Gitarrenklängen zu singen, und Chris erkannte den Song ›Slow and Easy‹.

Ein Tusch, und gedämpfte Lichter erleuchteten nach und nach die Bühne und die Spiegelwand im Hintergrund. Noch ein Tusch und Nick glitt mit einer graziösgeschmeidigen Bewegung ins Rampenlicht, die einem Klassetänzer wie Nurejev alle Ehre gemacht hätte. Chris wußte nicht, was Nick im Schilde führte, aber sie ahnte, daß sich etwas Folgenschweres anbahnte. Sie schwang ihre Beine von dem Hocker, beugte sich vor, stemmte die Ellbogen auf den Tisch und umklammerte das Glas mit beiden Händen.

Breitbeinig, die Hände auf den Hüften, stand Nick mitten auf der Bühne. Die Augen halb geschlossen, ein feines, vielsagendes Lächeln auf den Lippen, blickte er in Chris' Richtung. Mit jedem langgezogenen Akkord und klagenden Ton des Sängers beugte er die Knie, machte eine tiefe, tauchende Bewegung des Körpers und ließ die Hüften kreisen. Bei jeder geschmeidigen Drehung blitzte sein roter Nylonanzug im Licht der Spots.

Wieder eine Drehung, und Nick öffnete den Reißverschluß seiner Jacke. Braun gebrannte Muskeln waren zu sehen, und die schwarzen Haare auf seiner Brust schimmerten seidig im Licht der Scheinwerfer. Wieder eine Drehung, eine kurze Bewegung seiner Schultern, und die Jacke fiel zu Boden. Chris ließ den Strohhalm los und saß fortan mit offenem Mund da.

Das Tempo der Baßtöne und Trommelschläge wurde schneller, und Nick paßte seine Hüftschwünge, Schulterdrehungen und Stöße des Oberkörpers dem Rhythmus an. Chris hielt den Atem an, und ihr Herz begann mit der Trommel um die Wette zu schlagen.

Die Hände hinter dem Rücken verschränkt, die Knie weit auseinander und gebeugt, bog Nick sein Becken nach vorne und schwang die Hüften von einer Seite zur anderen, während er mit den Absätzen seiner Schuhe den Takt schlug. Als die Stimme aus dem Lautsprecher bat: »Take me slow and easy!«, sah Chris, daß die rote Nylonhose ein Stück nach unten geglitten war, und schluckte hart.

Als der Sänger flehte: »Love me slow and easy«, zwinkerte Nick, kickte seine Schuhe weg und schlug den Takt mit den nackten Fersen. Er ließ Chris nicht aus den Augen. Mit jedem Takt ließ er sein Becken kreisen und schob mit den Daumen die Hose ein wenig tiefer. Chris spürte, wie ihr Puls raste, und bei jeder Drehung seines Körpers, mit der er sich aus der Hose wand wie aus einer Haut, stöhnte sie.

Und dann warf Nick die Hose zur Seite und tanzte so aufreizend und erotisch, wie Chris es noch nie gesehen hatte. Kaum das Nötigste bedeckend, saß der blaß-blaue Tangaslip hoch auf den Hüften, und allein ein dünnes Gummiband hielt Vorder- und Rückenteil zusammen.

Nicks Bewegungen gingen flüssig ineinander über, er war geschmeidig wie eine Katze. Er ist schön, dachte Chris, als sie beobachtete, wie er seine Muskeln beherrschte. Er war gut gebaut, aber ohne die riesigen Muskelpakete übereifriger Gewichtheber. Und er war nahtlos braun. Chris dachte unwillkürlich daran, wie sich sein Körper anfühlte, und rieb die Handflächen an ihren Jeans.

Beim nächsten flehenden Ton des Sängers bog Nick seinen Kopf in den Nacken, wand und drehte sich, klatschte in die Hände und bewegte sich immer näher auf Chris zu. Als er den Rand der Bühne erreicht hatte, machte er einen Satz und landete auf ihrem Tisch. Chris schrak zurück. Sie packte ihre Sitzlehne und sah mit großen Augen zu dem nur wenige Zentimeter über ihr stehenden Mann auf, der unbarmherzig die Hüften kreisen ließ. Sein Lächeln wurde breiter.

Der Drink auf dem Tisch vibrierte, als seine Füße den Takt schlugen. Jeder Blick aus seinen halb geschlossenen Augen ließ ihr heiß und heißer werden, bis jede Faser ihres Körpers buchstäblich in Flammen stand.

Die Knie gebeugt und weit auseinander lehnte Nick sich zurück. Die Muskeln oberhalb des blauen Tangaslips zeichneten sich deutlich ab. Ein Prickeln und Kribbeln durchlief Chris.

Mit angewinkelten Ellbogen, die Hände zu Fäusten geballt, riß Nick die Arme im Takt der Musik nach hinten und stieß gleichzeitig seine Hüften nach vorne. Chris verschluckte sich fast. Er warf den Kopf nach hinten und lachte. Als er noch aufreizender tanzte, seine Bewegungen noch weniger Raum für Phantasie ließen, wurde ihr Rückgrat weich wie Spaghetti, und sie glitt in ihren Sitz, während ihr Inneres in Flammen aufging.

Nick kniete sich auf den Tisch und zog Chris an sich, als die Klänge des Liedes sanfter wurden. Sein Atem ging schnell und flach, und seine Augen waren ganz dunkel. Er streichelte ihre Wangen. Dann strich er einmal schnell mit seiner Zunge an ihren Lippen entlang.

Als sie die Hände nach ihm ausstreckte, hob er eine Braue. »Na, na, na! Anschauen, aber nicht anfassen!«

Sie starrte ihn verwirrt an. Nick lachte nur und zog sie auf die Füße, während er vom Tisch glitt. Er hielt ihr die Hände auf den Rücken. Dann streckte er sich wie eine Katze und rieb seinen Körper im Takt der Musik an ihrem.

»Kennst du dich in Wiederbelebungstechnik aus?« fragte sie.

»Warum?«

»Weil ich fürchte, daß ich einen Herzanfall bekomme.«

Er lachte, zog ihr den roten Pullover über den Kopf, bevor sie wußte, wie ihr geschah. Ohne die Drehbewegungen seines Beckens gegen ihren Körper zu unterbrechen, hakte er ihren BH auf, warf ihn beiseite und tastete nach dem Verschluß ihrer Jeans. »Nick! Was machst du?« Sie griff nach seinen Händen.

»Na, na, na! Faß den Tänzer nicht an!« Er packte ihre beiden Handgelenke mit einer Hand und öffnete mit der anderen den Knopf ihrer Jeans.

Als er den Reißverschluß vorsichtig herunterzog, jammerte sie. »Das kannst du nicht machen. Wir sind in einem Zuschauerraum.«

Nick sah sich leise lachend um. »Ich sehe keine Zuschauer. Ich sehe niemanden außer uns. Und ich habe die Schlüssel.« Er schob die Jeans über ihre Hüften. Als sie sich weigerte auszusteigen, setzte er Chris auf den Tisch und beendete die Arbeit. »So«, sagte er, als sie in einem leicht abgetragenen rosafarbenen Schlüpfer vor ihm saß, »du brauchst dich nicht zu genieren, Liebes. Es ist nur fair, daß wir beide gleich viel anhaben.«

Während sie immer noch auf dem Rand des Tisches saß, drängte er ihre Beine behutsam mit seinem Becken auseinander. Er beugte sich zu ihr, um ihr einen sanften Kuß zu geben. Seine Zunge schob sich aufreizend zwischen ihre Lippen, und seine Hände glitten von ihrer Taille hoch zu ihren Brüsten.

Dann rieb Nick seine Brust im Takt der Musik über ihre Brustwarzen. Chris wimmerte vor Verlangen, und Nick drückte sie sanft und behutsam nach hinten, bis sie sich mit den Ellbogen auf den Tisch stützte. Sein Blick glitt von ihrem Gesicht zu den weichen Rundungen ihrer Brüste, die er langsam streichelte. Seine Handflächen kreisten auf den harten Spitzen.

Chris stöhnte leise, ihre Lider flatterten und schlossen sich, als das Verlangen tief in ihrem Körper stärker wurde und sich wie eine heiße Flut ausbreitete.

»Mach die Augen auf, Liebes.« Nicks Stimme war tief, rauh. »Schau mich an!«

Er lächelte, dann beugte er sich über sie. Seine Lippen berührten die zarte Haut ihres Bauches und wanderten langsam zu ihren Brüsten. Er nahm eine Brustwarze in den Mund und streichelte die andere. Während er saugte, ließ er sein Becken im Takt der Trommeln zwischen ihren Schenkeln kreisen.

Chris schluckte einen Schrei hinunter. Sie sah, was er tat, spürte ihn, wand und drehte sich, wimmerte und kämpfte gegen die Erregung an, die in ihr aufstieg, doch der Kampf war von vornherein verloren. Das Verlangen wurde unerträglich. Ihr stockte der Atem.

»Sag mir, was du willst, Liebes.« Sein Atem strich wie ein zarter Windhauch über ihre Brust.

»Ich will dich. In mir. Jetzt.«

In zwei fließenden Bewegungen streifte er ihren und seinen Slip ab, packte sie um die Hüften und sah ihr ins Gesicht. »Bist du sicher?«

»Nick, ich sterbe. Tu etwas. Bitte.«

»Oh, süßer Tiger, wie ich dich liebe.« Dann, als er in sie eindrang, stöhnte auch er. Er stieß hart und tief. Er zog zurück und stieß wieder.

Chris wurde heiß und heißer. Sie schrie und zuckte. Wellen wunderbarer Lust strömten durch ihren Körper. Sie war trunken vom Gefühl der Ekstase, das jede Faser ihres Körpers erfüllte. Das war der siebte Himmel. Das mußte er sein.

Nick hielt sie fest an sich gepreßt, streichelte sie, bis die Glut abebbte und Chris ruhig wurde. »Nick?«

»Ja, Liebes?«

»War das . . .? Hatte ich . . .?«

Er lächelte. »Das war! Du hattest!«

»Es war *wundervoll*.«

»Leg deine Arme und Beine um mich«, flüsterte er. Dann hob er sie hoch, trug sie in einen Raum mit einer roten Couch und legte sich mit ihr hin. Während er die Freudentränen von ihrem Engelsgesicht wischte, sagte er: »Das ist fürs nächste Mal bequemer.«

Ihre Augen wurden groß. »Du meinst, das war nicht alles?«

Er lachte. »Oh, kleiner Tiger, wir haben gerade erst angefangen!«

8

Es war halb fünf Uhr morgens, als Chris den Abschleppwagen vor Hubs Haus parkte und über die Straße ging. Sie winkte Nick zum Abschied, der darauf bestanden hatte, bis nach Hause hinter ihr herzufahren. Bevor sie den Haustürschlüssel ins Schloß stecken konnte, flog die Tür auf, und Jon stand vor ihr.

»Wo warst du? Ich hätte fast die Polizei angerufen.«

Chris mußte lachen. »Du klingst wie ein Vater und nicht wie der Sohn.«

»Ich habe mir Sorgen gemacht. Du bist noch nie so spät gekommen, und außerdem hatte ich erwartet, daß du mir, nach dem, was heute passiert ist, auf den Fersen bleiben würdest.« Jon runzelte die Stirn. »Hast du getrunken?«

»Natürlich nicht!« Dann gab sie klein bei. »Na ja, aber nur ein Glas. Nick und ich haben . . . noch miteinander geredet. Ich habe nicht gemerkt, wie spät es dabei geworden ist.«

Jon betrachtete aufmerksam ihr Gesicht, dann grinste er. »Sag Nick, daß er sich das nächste Mal rasieren soll, bevor ihr . . . redet. Du bist ganz rot ums Kinn.«

»Jon!« Chris blickte ihn ungehalten an.

Er grinste unverdrossen. »Tu nicht so. Ich mag Nick, und ich bin froh, daß du ihn gefunden hast. Es wurde langsam Zeit für dich.«

»Er ist nett, nicht wahr?« Unwillkürlich berührte sie die Stellen ihres Gesichts, an denen die Haut gereizt war. Dann hatte sie sich also nicht nur eingebildet, daß ihr Gesicht noch von Nicks Küssen brannte. Abrupt wandte sie sich um, setzte sich auf die Stufen und lehnte sich ans Geländer.

Jon setzte sich neben sie, stützte sich auf die Ellbogen und streckte seine langen Beine über die sechs Treppenstufen aus. »Soll ich ihn nach seinen Absichten fragen?«

Chris lachte und versetzte ihm mit dem Ellbogen einen Rippenstoß. »Laß seine Absichten meine Sorge sein!« Dann wurde sie ernst. »Sprechen wir lieber über deine Absichten.«

»Du meinst meine Auftritte im Club?«

Sie nickte.

»Ich denke, ich habe mich heute nacht deutlich genug ausgedrückt. Es tut mir leid, wenn ich zu heftig geworden sein sollte, aber Tatsache ist, daß ich achtzehn bin.« Er ließ den Kopf hängen. »Es fällt mir schwer, dich zu enttäuschen, nach allem, was du meinetwegen durchgemacht hast. Aber Dad ist schon lange tot, und ich bin nicht mehr derselbe kleine Junge, den du die ganzen Jahre beschützt hast. Glaub nicht, daß ich nicht wüßte, was du für mich getan hast. Ich habe vieles mitbekommen. Manchmal habe ich im Bett gelegen und gebetet, daß er zu Hause bleiben würde, damit wir wie eine normale Familie leben konnten. Ich habe ihn wahrscheinlich geliebt, aber er war nie ein richtiger Vater für mich. Er war eher wie ein Onkel, der gelegentlich zu Besuch kam und Spielsachen mitbrachte. Er war ein großes Kind, und er hatte kein Verantwortungsbewußtsein. Aber ich habe es, Mom. Das habe ich von dir gelernt.«

Chris zog Jon an sich, Tränen in den Augen, und auch er schlang die Arme um sie. So saßen sie eine Weile ganz still. Schließlich seufzte sie. »Mein Sohn, der Wikinger.«

Er lachte in sich hinein. »Heißt das, du hast nichts mehr gegen meine Auftritte?«

Chris zuckte die Schultern. »Du bist erwachsen. Du mußt wissen, was du tust. Laß uns später weiter diskutieren. Ich bin völlig erledigt.«

Chris steckte die Wäsche in den Trockner und ging hinaus auf die Terrasse. Nick lag neben dem Swimmingpool in einem Liegestuhl. Er hatte das Gesicht zur Seite gedreht, die Augen geschlossen, und rührte sich nicht, als Chris sich neben ihn setzte. Während sie den Schlafenden beobachtete, dachte sie an seinen Tanz vom Vorabend und an das, was darauf gefolgt war, und ihr wurde ganz heiß. Sie streckte die Hand aus und zog mit den Fingernägeln eine imaginäre Linie von seinen Schultern über seinen Rücken bis zu seiner gelben Badehose. Dann wiederholte sie dasselbe mit ihren Lippen. Nick bewegte sich, dann stöhnte er.

Chris massierte seine Schultern und küßte ihn. »Wach auf, Schlafmütze! Laß uns schwimmen gehen.«

»Geh du ruhig. Ich bleibe lieber faul liegen.«

Sie runzelte die Stirn. Nick hatte sich schon den ganzen Nachmittag so seltsam benommen. Er war . . . matt gewesen. Immer noch unsicher, was ihre Qualitäten auf einem ganz speziellen Gebiet anging, glaubte sie inzwischen fast, daß sie ihn doch enttäuscht haben könnte. »Stimmt etwas nicht, Nick?«

»Nein, Darling, alles in Ordnung. Geh ruhig schwimmen.«

»Ich bleibe lieber hier bei dir.« Sie biß ihn leicht in die Schulter. Er zuckte zurück und brummte noch lauter. »Nick, irgend etwas stimmt doch nicht, und ich will es jetzt wissen! Wenn du es plötzlich nicht mehr ertragen kannst, daß ich dich anfasse, dann nehme ich eben meine Wäsche und gehe nach Hause.«

Sie wollte aufstehen, aber er packte ihre Hand, drehte sich stöhnend um und zog sie an seine Brust. »Du bleibst hier mit deiner Wäsche. Und . . . wenn du mich anfaßt, stehe ich in Flammen. Ich liebe dich, Chris.«

Sie schmiegte ihre Wange an seine Brust. »Wirklich?«

»Ich habe es dir schon gestern abend oder besser heute in der Morgendämmerung gesagt. Glaubst du mir nicht?«

Sie zuckte die Schultern. »Ich dachte, es wäre nur einfach so gesagt gewesen, in einem Moment der Leidenschaft, meine ich.«

Er lachte. »Ich erinnere mich an mehrere leidenschaftliche Momente, aber ich habe es ernst gemeint. Ich liebe dich wirklich. Ich liebe dich so sehr, daß mir alles davon weh tut.«

Chris setzte sich auf, um sein Gesicht sehen zu können. »Das mußt du mir erklären.«

»Versprichst du, daß du mich nicht auslachst?« Sie nickte. »Ich habe seit zehn oder zwölf Jahren nicht mehr so getanzt. Darling, ich habe entsetzlichen Muskelkater. Mir tut alles weh, ich kann mich kaum bewegen.«

Chris brach in Gelächter aus.

Er lachte mit ihr. »Du hast versprochen, mich nicht auszulachen.«

»Entschuldige.« Sie versuchte, sich zusammenzureißen, konnte ihr Lachen aber nicht unterdrücken.

»Es ist demoralisierend! Ich komme mir uralt vor. Dabei treibe ich regelmäßig Sport; Himmel, ich dachte sogar, ich wäre gut in Form. Aber offensichtlich ist das

Gegenteil der Fall.« Er stöhnte wieder auf, als er sich bewegte.

»Armer Schatz«, sagte sie halb neckend, während sie über seine gerunzelte Stirn strich. »Warte, ich bin gleich wieder da.«

»Ich rühre mich ganz bestimmt nicht vom Fleck«, antwortete er und mußte selbst über seine mißliche Lage lachen.

Nachdem sie ein paar Vorbereitungen getroffen hatte, kam Chris zurück und zog Nick hoch. Er stand mit theatralischem Stöhnen auf und ging mit steifen Beinen mit ihr ins Haus. Chris hatte eine Schachtel Badesalz in die riesige Wanne des Badezimmers geschüttet und heißes Wasser einlaufen lassen.

Nachdem sie ihm die Badehose ausgezogen und in die Wanne geholfen hatte, setzte sie sich auf den Rand der Wanne und sah zu, wie er sich im Wasser, das ihm bis zum Kinn reichte, entspannte. Sie war überrascht, wie unbefangen sie mit Nick umging. Es machte sie überhaupt nicht verlegen, ihn auszuziehen und ihn jetzt völlig nackt in der Wanne liegen zu sehen. Gewiß wäre es nach der wilden Nacht im Club unnatürlich gewesen, jetzt noch Hemmungen zu haben. Dennoch wunderte sie sich, wie selbstverständlich sie mit ihm umging und wie sehr sie sich hier bei ihm zu Hause fühlte.

Er hatte die Augen geschlossen, und ein Ausdruck von Wonne lag in seinem Gesicht.

»Gut so?« fragte sie lächelnd.

»Hmmm.«

Am liebsten wäre Chris zu ihm in die Wanne gestiegen; statt dessen stand sie auf, faltete ihre Wäsche und stellte sie in den Wagen. Dann wärmte sie eine kleine Schüssel mit Erdnußöl in der Mikrowelle an, trug sie ins Schlafzimmer, schlug die Decke von Nicks großem Doppelbett zurück und legte zwei große Frotteetücher über das Laken.

Lachend und prustend holte sie Nick aus der Wanne und trocknete ihn ab. Dann führte sie ihn zum Bett. »Ich werde dich jetzt ein bißchen massieren«, erklärte sie. »Was tut dir am meisten weh?«

»Mein Rücken.«

Als er auf dem Bauch lag, setzte sie sich rittlings auf seine Hüften und träufelte das warme Öl der Länge nach auf sein Rückgrat. Sie bewegte die Ballen ihrer Hände in langsamen und kräftigen Zügen kreisförmig über seinen Rücken und knetete die verspannten Muskeln von der Taille bis zur Schulter durch.

Nick seufzte zufrieden. Chris lächelte. »Gefällt dir das?«

»Es ist himmlisch, Liebes. Wo hast du das gelernt?«

»Ich habe vor ein paar Jahren im YMCA einen Kursus gemacht, weil Jon nach dem Fußballtraining immer so stöhnte.« Sie rutschte weiter nach unten und verteilte das Öl auf Po und Beinen.

Nick stöhnte laut, als ihre Finger seine Beine von der Hüfte bis zu den Zehen bearbeiteten. »Der Kursus war sein Geld wert. Vielleicht heirate ich dich allein schon deswegen.«

Sie hielt für einen Augenblick in der Bewegung inne. Nein, er meint es nicht ernst, sagte sie sich dann und nahm ihre Arbeit wieder auf. Heirat. Wie wäre es wohl, mit Nick verheiratet zu sein? Während sie eine Wade massierte, überlegte sie lächelnd, daß er bestimmt ein wunderbarer Ehemann und Vater wäre. Das Bild von lachenden kleinen Jungen, dunkelhaarig und dunkeläugig, schoß ihr durch den Kopf und brachte ihr Herz zum Flattern.

Chris schob den Gedanken beiseite und konzentrierte sich wieder auf ihre derzeitige Aufgabe. Als sie sich wieder bis zu seinem Rücken vorgearbeitet hatte, gab sie ihm einen Klaps auf den Po. »Das war's.«

»Liebes, mein Bauch tut auch weh.«

»Dann dreh dich um, damit ich ihn bearbeiten kann.«

Er lachte in sich hinein. »Ich weiß aber nicht, ob ich das wirklich tun sollte. Ich habe dir gesagt, wie die Berührung deiner Hände auf mich wirkt.«

»Nun mach schon.« Chris verzog den Mund zu einem nachsichtigen Lächeln. Aber als er sich umdrehte, riß sie die Augen auf. Er hatte keinen Spaß gemacht.

»Ich habe versucht, dich zu warnen«, sagte er und lachte. »Komm.« Er breitete die Arme aus.

»Aber Nick, deine wehen Muskeln.«

»Zur Hölle mit den wehen Muskeln!«

Er zog sie zu sich herunter und küßte sie mit einer hungrigen Leidenschaft, die ihr Blut zum Kochen brachte. Jeder heiße Kuß, jede glühende Zärtlichkeit ließ ihre Lust noch mehr entflammen. Er machte all die richtigen Bewegungen, berührte die richtigen Stellen, sagte die richtigen Dinge, bis sie glaubte, es keine Sekunde länger mehr aushalten zu können. Dann liebte er sie lange, sanft und wundervoll.

Nachher kuschelte sie sich selig an seine Seite und spielte mit den weichen Locken auf seiner Brust. »Nick, ich kann immer noch nicht glauben, was in mir vorgeht, wenn ich mit dir zusammen bin. Wo kommt diese Leidenschaft her?«

»Sie war immer schon da, mein Liebes. Du hast nur den richtigen Mann gebraucht.«

Chris wartete, bis er die Augen schloß und in regelmäßigen Zügen atmete. Vorsichtig, um ihn nicht im Schlaf zu stören, schlüpfte sie unter seinem Arm durch und aus dem Bett. Sie betrachtete lange seinen schönen Körper, dann deckte sie ihn zu, beugte sich über ihn und gab ihm einen federleichten Kuß auf die Stirn.

Guter Gott, wie sehr hatte sie sich in ihn verliebt. Es machte ihr angst. Ihre Liebe machte sie wehrlos. Nick übte mit einem Blick mehr Macht über sie aus als Curt mit all seinen Drohungen. Vielleicht hatte sie diese Macht von Anfang an geahnt. Vielleicht hatte er sie deshalb so nervös gemacht. Trotz allem fand sie es wunderbar, einen Mann wie Nick zu lieben und von ihm geliebt zu werden. Egal, was aus ihnen würde, diese Erinnerung wollte sie für alles in der Welt nicht missen.

Sie ging ins Bad, duschte schnell und zog sich an. Sie war froh, daß sie heute mit ihrem eigenen Wagen gekommen war, ging auf Zehenspitzen hinaus und fuhr nach Hause.

Seit fünf Jahren war ihr der Dienstag einer der liebsten Tage der Woche. Dienstags machte sie die Buchführung für Hub Lovell, und Evelyn schickte immer genug zum Mittagessen für Chris mit. Heute saßen sie beide auf ihren angestammten Plätzen in Hubs Büro in der hinteren Ecke des Autofriedhofs, wo Dutzende von Trophäen die Wände schmückten. Chris' Platz war der rote Rücksitz eines 79er Cadillac; Hub hatte den gleichen in Schwarz. Als Tisch benutzten sie einen verschrammten Werkzeugkasten, der Hub in all den Jahren gedient hatte, die er auf den Rennstrecken, zuerst als Fahrer, später als Mechaniker verbracht hatte, bevor die Arthritis seine Karriere beendete.

»Bist du fertig?« Hubs Frage gehörte zu ihrem Dienstagsritual.

»Ich bin fertig.«

»Dann können wir anfangen.«

Hub langte in die Tüte und gab Chris einen Pappteller, ein Plastikmesser, eine Gabel und eine Serviette. Als nächstes kam ein Glas Senf zum Vorschein, dann zwei Scheiben Brot für jeden, eine riesige Zwiebel und zwei Sardinenbüchsen. Während Chris die Zwiebel in Scheiben schnitt, machte der grauhaarige Mann die Sardinenbüchsen auf.

Das einzige, was sich an diesem Ritual manchmal änderte, war die Farbe der Servietten oder die der Pappteller.

»Zu Hause darf ich keine Sardinenbüchse aufmachen«, erklärte er ihr. »Evelyn sagt, das verpestet das ganze Haus.«

Als sie sich beide ein Sandwich nach ihrem Geschmack zurechtgemacht hatten, hoben sie die duftenden Kreationen wie zum Gruß hoch, nahmen einen Bissen und sagten einstimmig: »Mmmmmm.«

Sie lachten, wie sie es immer taten, und aßen ihre Sandwiches auf, nippten an ihrem Bier und unterhielten sich. Es waren die Gespräche, die Chris am meisten schätzte. Sie hatte viel von Hub gelernt. In den sechs Jahren seit sie in das viktorianische Monster gegenüber den Lovells gezogen war, waren Hub und Evelyn für sie so etwas wie ihre zweiten Eltern geworden.

»Abschlußexamen in zwei Wochen«, sagte Hub. »Da wirst du die Nase tüchtig in die Bücher stecken müssen, wenn du den Preis gewinnen willst.«

Chris nickte. »Ich muß einfach gut abschneiden. Manchmal fürchte ich, daß alles daneben geht. Aber das darf es einfach nicht. Wenn ich meinen hohen Durchschnitt halten kann, dann habe ich echte Chancen, den Charles-Lazen-Preis zu bekommen. Was mich aber noch mehr reizt, ist, daß dann für mich die Aussichten, eine gute Stelle zu bekommen, nicht schlecht stehen. Und eine gute Stelle, das ist das, worauf ich während der zehn harten Semester hauptsächlich hingearbeitet habe.«

»Du hast es verdient, Süße. Wir sind stolz auf dich. Evelyn hat sich schon ein neues Kleid für die Preisverleihung gekauft. Kommt dein neuer Freund eigentlich auch?« fügte er dann hinzu.

»Ja. Übrigens, er wird anrufen und euch zu der Party einladen, die er am Nachmittag nach der Abschlußfeier für mich gibt. Das heißt, seine Sekretärin ruft an. Er ist nämlich heute morgen nach Chicago geflogen und kommt erst am Wochenende zurück.«

»Das klingt, als ob es ernst würde mit euch.«

Chris zuckte die Schultern und lächelte. »Vielleicht.«

»Von Curt Ponder habe ich nie viel gehalten, aber nach dem, was Jon gesagt hat, ist dieser Nick Russo ein ehrlicher Bursche.« Er lehnte sich zurück, nahm einen tüchtigen Schluck aus seiner Flasche und grinste Chris an. »Auf alle Fälle hat er deine Augen zum Leuchten gebracht.«

Allen Leuten, mit denen Chris diese Woche sprach, fiel auf, daß sie sich verändert hatte. Am Abend vorher, als sie in die Praxis ihrer Freundin gekommen war, um zu arbeiten, hatte Karen gesagt: »Du glühst wie die Sonne im August. Du bist entweder verliebt oder hast im Lotto gewonnen.«

Sogar Onkel Larry im Scherzartikelgeschäft machte

eine Bemerkung, als sie am Mittwoch zu ihm kam, um wie gewöhnlich seine Buchführung zu machen. Als Chris die Tür öffnete und den Laden betrat, begrüßte er sie und unterbrach dann sogar kurz das Auspacken einer neuen Lieferung von Lachsäcken und Eiswürfelattrappen mit künstlichen Silberfischchen drin. Er spähte über den Rand seiner halben Brille, die tief auf seiner langen Hakennase saß, und beobachtete, wie Chris zwischen den mit allen möglichen Gags und Scherzartikeln gefüllten Regalen hindurch ging.

Er strich mit der Hand über sein schlecht sitzendes schwarzes Toupet, das aussah wie vertrocknetes Moos und sich auch so anfühlte. Dann zog er einen Mundwinkel hoch und bedachte Chris mit einem eher lustigen als lüsternen Seitenblick.

»Ah, die bezaubernde Miß Chris. An Ihrem federnden Schritt und dem kecken Schwung Ihrer himmlischen Hüften kann ich sehen, daß die Eisjungfer anfängt dahinzuschmelzen. Hat irgendein Verbrecher Ihr Herz bereits gestohlen, oder sind Sie schließlich doch Ihren animalischen Trieben unterlegen und sind zu Onkel Larry gekommen, um Ihr Dasein der Enthaltsamkeit zu beenden?«

Chris lachte und schüttelte den Kopf. »Onkel Larry, hörst du denn nie auf? Eines Tages nimmt mal jemand deine unerhörten Angebote ernst.«

»Man kann nur hoffen, Mäuschen. Man kann nur hoffen. Ich halte mich ständig für alle Eventualitäten bereit.« Er strich das grüne T-Shirt über seiner hageren Brust glatt. »Meinst du, dein Nick hätte Spaß an einem dieser bösen Kleinigkeiten?«

Chris sah ihn mit einem verblüfften Stirnrunzeln an. »Woher weißt du von Nick?«

»Ah-ha, ich war erstaunlich scharfsinnig mit meiner Vermutung.« Er drohte mit dem knochigen Finger. »Es scheint, daß mir bei dir ein anderer Verehrer zuvorgekommen ist. Aber ich bin entzückt, meine Süße, wirklich entzückt. Aber, keine Angst, teure Freundin, sei versichert, daß Onkel Larry ihn beim Gala-Abend aus Anlaß deiner Abschlußprüfung genauestens unter die Lupe nehmen wird.«

Chris mußte lachen. »Jetzt verstehe ich. Du hast eine Einladung zur Party bekommen und gleich deine Schlüsse über den Gastgeber und mich gezogen.«

»Nein«, sagte er mit einem selbstzufriedenen Lächeln. »Ich habe die Sekretärin ausgequetscht. Sie ist seine Schwester.«

Chris mußte ihre ganze Willenskraft aufbringen, um sich davon abzuhalten, Larry zu fragen, was er sonst noch alles in Erfahrung gebracht hatte. Sie räusperte sich, marschierte zum Schreibtisch und nahm sich die Bücher vor.

Auch Emmett Layman, der Besitzer eines Gebrauchtwagenparks und einer Finanzierungsgesellschaft, bei dem Chris die Donnerstage verbrachte, musterte sie, als hätte sie sich in irgendeiner Weise verändert. Aber dann jammerte der korpulente Mann mit dem ewigen Lächeln und einem blutenden Magengeschwür gleich wieder über den Schwager der Kusine seiner Frau, der mit seinen Ratenzahlungen für einen 38er Pontiac sieben Monate im Rückstand war. Seit fünf Monaten versuchte er, ihn zu finden, um das Auto zu konfiszieren.

Er winkte mit dem feuchten Ende seiner Zigarre. »Aber ich glaube, jetzt habe ich den Bastard! Irgend jemand hat mir gesteckt, daß er am Samstagabend zu dem alljährlichen Maskenball der Kriegsveteranen gehen wird. Und wenn . . .«

»Dann möchtest du, daß ich mit meinem Abschleppwagen komme und dir das Prachtstück zurückbringe.«

Emmett Layman schürzte die Lippen und nickte. »Erraten! Dieser kleine O-beinige Hurensohn –, 'tschuldige, aber mir fällt nichts anderes ein, das auf ihn paßt – kann sich auf eine Überraschung gefaßt machen!«

Am Samstag, als es anfing zu dämmern, steuerte Chris den Abschleppwagen in die kreisförmige Auffahrt vor Nicks Haus und hupte. Er mußte mit der Hand auf dem Türgriff gewartet haben, denn er war in Sekundenschnelle mit einem Picknickkorb draußen. Er lächelte, als er ins Führerhaus kletterte, und sie lächelte zurück.

»Wie habe ich dich vermißt, Liebes!« Er zog sie an sich und küßte sie. »Ich hätte keinen Tag länger warten können.«

»Du hast mir auch gefehlt.« Sogar in Jeans und Turnschuhen, die fast so abgetragen waren wie ihre eigenen, war er der schönste Mann, den sie je gesehen hatte. Sie lachte, als sie bemerkte, daß sein gelbes Polohemd fast dieselbe Farbschattierung hatte wie ihres. »Wir müssen heute abend wohl auf derselben Wellenlänge sein.«

»Das bezweifle ich«, sagte er und zog die Brauen kaum merklich zusammen. »Sonst würden wir die Nacht nicht in einem Abschleppwagen auf der Straße verbringen.«

»Du weißt, daß ich arbeiten muß, Nick.«

»Und du weißt, daß ich angeboten habe, den Abschleppwagen für die Nacht zu mieten. Ich mag es sowieso nicht, wenn du das Ding fährst.« Er sah sie finster an. »Ich wünschte, du würdest den Job in Carmines Abteilung annehmen. Ich habe Angst, du könntest irgendwann an einem Telefonmast hängenbleiben oder wieder von einem Betrunkenen in Bedrängnis gebracht werden. Die Vorstellung allein macht mich ganz krank.«

Chris stieß einen Seufzer der Verzweiflung aus. »Ich weiß, ich hätte dir besser nichts von dem Kerl mit dem Porsche erzählt. Aber so etwas Komisches war mir bis dahin noch nie passiert.«

Nicks Blick wurde noch finsterer. »Ich weiß nicht, was daran komisch sein soll, wenn du vergewaltigt wirst. Wenn ich wüßte, wo ich den Kerl finden könnte, dann würde ich ihm beide Beine brechen.«

»Ich bin *nicht* vergewaltigt worden.« Auch ihre Augen wurden schmal. »Siehst du, es war keine gute Idee von dir, noch mal mitzufahren. Wenn du weiter so unken und meckern willst, dann solltest du lieber aussteigen. Ich muß arbeiten.«

Nick entspannte sich und streichelte ihr über die Wange. »Darling, es tut mir leid. Es ist nur, daß ich dich doch so sehr liebe und mir Sorgen um dich mache.« Er küßte sie leicht auf den Mund und lächelte. »Sag mir noch einmal, daß ich dir gefehlt habe.«

»Du hast mir gefehlt.« Sie bot ihm den Mund zu einem weiteren Kuß.

»Komm mit ins Haus«, flüsterte er rauh.

Sie schob ihn sanft von sich. »Vergiß es. Ich bin im Dienst.«

Nick lehnte sich resigniert in seinem Sitz zurück. In den nächsten zwei Stunden wurden sie ein paarmal gerufen; zuerst zu einem Auto mit leerer Batterie, dann zu einem leichten Unfall auf dem Freeway. Mehrere

Abschleppwagen erschienen gleichzeitig am Unfallort, deshalb ließ der Polizist alle Fahrer Zettel mit ihrer Nummer in einen Hut werfen und zog zwei heraus. Chris war froh, daß sie bei den Gewinnern war.

Nachdem sie einen der Unfallwagen abgeschleppt und den Besitzer zu Hause abgesetzt hatten, fragte Nick: »Müßt ihr immer so Lose ziehen?«

»Nicht immer. Aber wenn der Besitzer niemand Besonderen anfordert, dann manchmal schon. Das ist das fairste Verfahren, und ich habe meistens Glück. Manchmal nimmt die Polizei den, der zuerst auftaucht, also zahlt es sich aus, schnell zu sein. Ich kenne die meisten, die bei der Verkehrspolizei arbeiten, das hilft auch.«

Sie hielten im Memorial Park an und stellten den Schlepper nahe an einem Tisch ab, an dem sie essen konnten, was Nick mitgebracht hatte. Chris nahm ihr tragbares Funkgerät mit, um keine Durchsage des Polizeifunks zu verpassen, aber es blieb ruhig, während sie aßen und über die Party sprachen, die Nick nach ihrem Examen in der kommenden Woche geben wollte.

Chris sah auf die Uhr. »Es wird Zeit, zur Halle der Kriegsveteranen zu fahren. Ich muß ein Auto konfiszieren.«

»Konfiszieren?«

Während der Fahrt erzählte Chris ihm die Geschichte des säumigen Zahlers. Sie parkten den Abschleppwagen um die Ecke und gingen zu Fuß zur Festhalle. Laute Musik drang aus der offenen Tür.

»Bist du sicher, daß es nicht gefährlich ist?« fragte Nick, als sie auf dem überfüllten Parkplatz nach dem Pontiac suchten.

»Warum soll das gefährlich sein? Das habe ich schon

öfter gemacht. Ich suche das Auto, nehm' es an den Haken und fahre los.«

Chris unterdrückte ein Lachen und zeigte auf einen Teufel in rotem Satin und einen Engel in weißem Tüll, die engumschlungen neben einem Geländewagen mit übergroßen Reifen standen. Während Chris und Nick den Parkplatz absuchten, begegneten sie einem Tarzan mit nackter Brust, einem Piraten mit einem Papagei aus Pappmaché auf der Schulter und einer Hummel mit dickem gelb-schwarz gestreiften Körper, krummen Beinen in engen schwarzen Strümpfen und antennenartigen Fühlern auf langen Drahtspiralen. Die drei waren offensichtlich betrunken, stützten sich gegenseitig und sangen sehr laut und falsch.

»Psst!« Chris gab Nick ein Zeichen.

»Hast du ihn gefunden?«

»Das ist er«, flüsterte sie. »Warte, ich hole den Schlepper.«

Chris eilte zurück. In weniger als drei Minuten hatte sie den Abschleppwagen rückwärts an den Pontiac herangesetzt, und die hydraulische Adlerklaue hievte die Vorderräder hoch. Als Chris ausstieg, um den Wagen festzuzurren, bewegte sich das beschwipste Trio plötzlich auf sie zu. Der als Hummel verkleidete Mann gestikulierte und schrie wild, während er auf Chris zulief. Sie ignorierte ihn und ließ sich nicht stören. Aber die Hummel packte sie am Arm und wirbelte sie herum. »Wer sind Sie, und was, zum Teufel, machen Sie da?«

»Finger weg von meiner Dame!« Als die Hummel nicht reagierte, packte Nick so heftig zu, daß die Antennen heftig schwankten und sich verwickelten. »Und wer sind *Sie*, und was zum Teufel tun *Sie* da?« fragte er die lächerliche Gestalt.

»Ich bin Clark Jones, falls Sie das was angeht. Und das Auto, das dieses Weib da klauen will, gehört mir.«

Nicks Faust knallte so hart auf die Kinnlade der Hummel, daß der Kopf nach hinten flog. Begleitet von einem albernen Klimpern der Antennen sackte der Hummelmann zu Boden.

Tarzan stieß einen Schrei aus, sprang Nick von hinten an, schlang seine haarigen Beine um Nicks Taille und die Arme um seinen Hals. Der Pirat schwankte vorwärts und verteilte unkoordinierte Schläge mit seinen Fäusten.

»Bring dich in Sicherheit!« schrie Nick Chris zu, während er blitzartig dem Piraten einen Fußtritt versetzte. Der taumelte zurück und verlor den Pappmachévogel von seiner Schulter. Chris setzte dem Seeräuber mit dem Picknickkorb zu, und der begrub den Papagei unter sich, als er wie ein gefällter Baum umstürzte.

»Ich fahre nicht ohne dich, Nick«, schrie sie und fing an, auf den Tarzan einzuschlagen.

»O Gott«, murmelte Nick und stieß dem Mann auf seinem Rücken die Ellbogen in den Bauch. Ein zischendes Geräusch war zu hören, der halbnackte Mann lockerte seinen Griff und plumpste auf den Boden. Nick drehte sich blitzschnell um und ging mit erhobenen Fäusten auf Tarzan los, aber der hielt sich bereits den Bauch und würgte. Nick packte Chris am Arm, zog sie zum Schlepper. »Steig ein!« zischte er.

Während der Fahrt starrte Nick vor sich hin, die Zähne zusammengebissen, die Fäuste geballt. Chris spähte immer wieder zu dem wie ein Granitblock neben ihr sitzenden Mann hinüber, aber er sagte kein Wort, bis sie den beschlagnahmten Pontiac auf dem Gelände von Layman Motors abgestellt und eingeschlossen hatte.

Als sie wieder in den Abschleppwagen stieg, warf er

ihr einen durchbohrenden Blick zu. »Gar nicht gefährlich, was?«

Chris gelang ein verkrampftes Lächeln. »Normalerweise nicht.«

»Und wenn ich nicht da gewesen wäre?«

»Wäre ich weggelaufen«, sagte sie. »Aber du warst da.« Sie zwinkerte ihm zu. »Mein Held! Wenn ich dich nicht schon vorher geliebt hätte, würde ich es jetzt bestimmt tun. Wie oft wird heutzutage schon eine Dame vor blutrünstigen Piraten, Dschungelbewohnern und riesigen Hummeln gerettet? Du warst großartig! Wow!« Sie ließ ihre Faust durch die Luft sausen und lachte.

Nick lachte nicht. »Was hast du gesagt?«

»Du warst großartig.«

»Nein, davor.«

Chris wußte, worauf er anspielte. Es war ihr herausgerutscht, aber es war die Wahrheit gewesen. Als sich ihre Blicke trafen, wurde auch sie ernst. »Du meinst, daß ich dich liebe?«

Er nickte. Sie schluckte.

»Ich liebe dich wirklich, Nick«, sagte sie leise.

Nick zog sie über den Sitz zu sich herüber und schlang die Arme um sie. Dann schüttelte er den Kopf. »Tiger, wie könnte ich dir jetzt noch böse sein? Du hast mich mal wieder völlig entwaffnet. Was mache ich nur mit dir?«

Langsam breitete sich ein Lächeln in ihrem Gesicht aus. »Ich wüßte schon ein oder zwei Dinge.«

9

Am Freitagmorgen um zehn Uhr saß Chris in der Universität und wartete auf das Ergebnis ihrer Prüfungen. Drei weitere Absolventen der Buchführungskurse – alle drei Männer, die mindestens zehn Jahre jünger waren als sie – warteten mit ihr. Jeder von ihnen hatte ein Lächeln aufgesetzt, mit dem er aussah, als hätte er Krämpfe. Chris fing an zu verstehen, welche Ängste Bewerberinnen in der Endausscheidung um den Titel der Miß Amerika ausstehen mußten.

Als der erste hereingerufen wurde, fühlte Chris, wie ihre zur Schau gestellte Fassade gleichgültiger Gelassenheit anfing zu bröckeln. Sie schloß die Augen und zog den Atem tief ein. Warum hatte man sie noch nicht gerufen? Hieß das, daß sie aus dem Rennen war? Durch die Spannung bekam sie ein flaues Gefühl im Magen. Obwohl sie bei den gefürchteten Tests Blut und Wasser geschwitzt hatte, war sie doch am Montag beim Examen in Rechnungsprüfung und Steuerrecht und am Mittwoch in moderner Buchführung ganz zuversichtlich gewesen. Die Prüfungen waren schwer gewesen, aber sie hatte fleißig gelernt. Sogar Nick war vergangenen Sonntag eingesprungen, um sie abzuhören, während ihre Wäsche in seiner Maschine gesteckt hatte. Im alten viktorianischen Haus hatte Friedhofsstille geherrscht, weil Chris und Jon jede freie Minute zum Wiederholen des umfangreichen Lernstoffs genutzt hatten.

Die Ergebnisse von Jons Collegejahrgang waren am Vortag angeschlagen worden, und er hatte wie üblich nur Einsen geerntet. Aus diesem Anlaß hatte Nick spontan Jon mit seiner Freundin Susan Bennett und Chris zum Abendessen in das griechische Restaurant eingeladen. Sie hatten bis nach Mitternacht gegessen, gelacht und getanzt.

Nach ein paar Minuten wurde die Tür geöffnet, und der erste Kandidat kam heraus. War es ein Lächeln oder eine Grimasse, was auf seinem Gesicht lag? Chris konnte es nicht sagen. Wieder wurde ein Student hereingerufen, und Chris preßte ihre Finger so fest zusammen, daß ihr die Knöchel weh taten. Sie hatte weder Nick, noch Jon, noch sonst jemandem außer Hub erzählt, daß sie den Lazen-Preis bekommen könnte. So brauchte sie sich von niemandem trösten zu lassen, wenn sie ihn nicht bekam.

Der letzte Kandidat wurde aufgerufen, es schien eine Ewigkeit zu dauern, bis die Tür wieder aufging.

Dr. Margaret Brazil, die Leiterin des Instituts für Betriebswirtschaftslehre, reichte Chris die Hand. »Herzlichen Glückwunsch, Miß Ponder. Ich freue mich, Ihnen mitteilen zu können, daß Sie die diesjährige Gewinnerin des Charles-Lazen-Preises sind.«

»Sie machen Witze!« platzte Chris heraus und klatschte in die Hände. Dann seufzte sie und entschuldigte sich.

Die stattliche Frau vor ihr lachte nur. »Sie haben allen Grund, aufgeregt zu sein. Sie haben mit den besten Noten abgeschnitten, und Ihre Wahl zur Preisträgerin wurde vom Prüfungsgremium einstimmig getroffen. Nächste Woche haben Sie als Preisträgerin ein Meeting mit den Vertretern von *Craft, Nutting and Fortney*, aber soviel ich weiß, möchte man, daß Sie Ihren Posten bei dieser Firma im September antreten.« Als die Professorin das Anfangsgehalt nannte, fiel Chris fast in Ohnmacht. Es war noch mehr, als Nick ihr geboten hatte.

Dr. Brazil teilte ihr noch einige Einzelheiten mit, doch

Chris wußte nachher nur noch eins: Sie hatte gewonnen! Sie tanzte fast über das Universitätsgelände zu ihrem Auto. Ihr guter Abschluß und der Job, der damit verbunden war, bedeuteten, daß sie Jon eine Wohnung in Austin bezahlen und ihm ermöglichen konnte, im nächsten Herbst zur Universität von Texas überzuwechseln. Er hatte sich nie beklagt, daß er im ersten Jahr zu Hause bleiben und zur nächstgelegenen Hochschule fahren mußte, aber Chris wußte, daß es immer schon sein Traum gewesen war, an der Universität von Texas zu studieren. Jetzt konnte er ihn in die Tat umsetzen.

Nachdem sie in ihren Wagen gestiegen war, klopfte sie sich selbst auf die Schulter und stieß einen Jauchzer aus. Sie hätte die gute Nachricht am liebsten gleich jemandem erzählt, aber dann beschloß sie, ihr Geheimnis bis zur Abschlußparty zu hüten, was ihr nicht leichtfiel, denn ihre Eltern kamen am Nachmittag aus Texarkana. Chris hatte sie seit Weihnachten nicht gesehen, und als sie das grauhaarige Paar in die Arme schloß, hatte sie Freudentränen in den Augen. Sie redeten an diesem Nachmittag ununterbrochen.

Chris verabschiedete sich jedoch nicht für ihre übliche Freitagsabendtour mit dem Abschleppwagen, ohne zuvor das neue Kleid anprobiert zu haben, das ihre Mutter ihr für die Abschlußfeier gemacht hatte. Es war aus feinem weißen Batist mit gestickten pastellfarbenen Blumen und Blättern an Saum und Oberteil.

»O Mom, wie schön«, rief Chris. »Und es paßt ausgezeichnet.«

Ihre Mutter strahlte. »Dad und ich sind so stolz auf dich.«

»Ich weiß, Mom. Und ich wünschte, ich müßte jetzt nicht zur Arbeit gehen.«

»Mach dir keine Sorgen. Evelyn und Hub haben uns zum Abendessen und einem Dominospiel eingeladen.«

Chris zog das Kleid aus, schlüpfte in ihre Jeans und ein Sweatshirt und gab ihren Eltern einen Kuß, bevor sie über die Straße ging und in den Abschleppwagen stieg, der in Hubs Einfahrt stand. Evelyn winkte ihr von der Haustür aus zu, und Chris lächelte und winkte zurück, als sie losfuhr.

Die Versuchung war groß gewesen, ausnahmsweise einmal zu Hause bei den Eltern zu bleiben, die am Sonntag wieder abreisten – ihr Vater konnte sich nicht länger von seinem Gemüsegarten trennen –, aber schließlich hatte sie den neuen Job ja noch nicht, und bis September zählte jeder Penny.

Am Samstagnachmittag war Nick in seiner Garage und bastelte an seinen Rolls-Royce-Limousinen herum. Nicht, daß sie es nötig gehabt hätten, denn jede einzelne war in ausgezeichnetem Zustand, aber er hatte sich in die Garage geflüchtet, während seine Mutter und seine Schwestern die Vorbereitungen zu Chris' Examensparty überwachten. Nick war froh, daß seine Mutter von Chicago hergeflogen war, denn er wollte, daß sie Chris kennenlernte. Und da er etwas Besonderes geplant hatte, war er froh, daß seine Mutter diesmal bei seiner Schwester Anna und ihrer Familie übernachtete.

Er polierte den Kotflügel des hellblauen 1963er Silver Cloud Cabrio und dachte an die kleine Schachtel mit dem Verlobungsring oben auf seinem Frisiertisch, ein Brillantring, der absolut nicht an den Finger von jemandem paßte, der einen Abschleppwagen fuhr. Nick hatte vor,

Chris am Abend zu fragen, ob sie den Job nicht aufgeben und ihn heiraten wolle.

Er war nervös und polierte noch emsiger.

Er wollte Chris drängen, den Termin so früh wie möglich festzulegen. Ursprünglich hatte er vorgehabt, ihr etwas mehr Zeit zu lassen, aber er konnte es einfach nicht mehr ertragen, wenn sie noch länger dieses schwarze Monster fuhr.

»Du reibst noch die Farbe ab.«

Nick sah auf und entdeckte Bianca, die sich an den gelben 1934er Tourenwagen lehnte. Er lachte. »Den habe ich bestimmt schon tausendmal poliert, seit ich ihn gekauft habe.«

»Das war dein erster, nicht wahr?«

Er nickte. »Ja. Als ich dreizehn war, habe ich einmal so einen gesehen. Er war unglaublich schön. Damals habe ich mir geschworen, ihn mir eines Tages zu kaufen. Er ist nicht ganz so wertvoll wie der, gegen den du dich lehnst, aber ich würde ihn für nichts auf der Welt eintauschen.« Er warf das Tuch zur Seite. »Seid ihr fertig?«

»Ich schon«, sagte Bianca und grinste ihn keck an. »Mama, Anna und Amelia laufen noch auf Hochtouren. Ich war für die Luftballons zuständig. Ich habe so viele aufgeblasen, daß ich total erledigt bin.« Sie blies die Wangen auf und rollte mit den Augen.

Nick mußte lachen. »Wozu die Luftballons?«

»Du kennst Mama. Sie fand, daß es mit nur zehntausend rosafarbenen Rosen auf den Tischen etwas leer aussah, deshalb haben wir noch eine Tonne Ballons und fünfzig Meter Seidenband dazugetan. Sogar das Sprungbrett am Swimmingpool ist dekoriert. Sieht aus wie für eine Hochzeit.«

»Ich wünschte, es wäre eine.«

Bianca zog eine Braue hoch. »So ernst?«

»So ernst.«

Sie nickte. »Großartig! Du und Chris, ihr paßt gut zusammen. Ich glaube, ihr werdet sehr glücklich miteinander.« Die Goldarmreifen an ihrem Arm klimperten, als sie sich das Haar aus der Stirn strich. »Sag mal, jetzt, wo ich fast mit ihr verwandt bin, glaubst du, sie wird mir ihr Haus billig verkaufen? Ich würde mir das viktorianische Altertümchen zu gerne zurechtmachen.«

Nick runzelte die Stirn. »Bist du mehr an dem Haus interessiert oder an meinem Glück?«

Bianca lachte. »An deinem Glück natürlich.« Sie hakte Nick unter und ging mit ihm ins Haus. »Du solltest dich beeilen, wenn du Chris und ihre Familie in einer Stunde abholen willst.«

Eine Stunde später klopfte Nick, in grauem Anzug und mit einer Kamera bewaffnet, an Chris' Tür. Er konnte es kaum erwarten, sie aus diesem einsturzbedrohten Etwas mit vier Wänden und einem Dach herauszuholen und sein Haus zu ihrem gemeinsamen Heim zu machen.

»Du siehst wunderbar aus«, sagte er, nachdem sie geöffnet hatte. Er küßte sie und ging ins Haus, um ihre Eltern kennenzulernen. Gwynne Wright schien schlicht eine ältere Version von Chris zu sein. Obwohl ihr Haar, das sie genau wie Chris in einem hohen Knoten gebunden trug, graue Strähnen hatte, sah man, daß es einstmals die gleiche Farbe gehabt hatte wie das ihrer Tochter. Und sie hatte dieselben großen blauen Augen, nur ein bißchen heller, und ein paar Lachfalten mehr um die Augenwinkeln.

»Er sieht sehr gut aus«, flüsterte ihre Mutter Chris zu, als sie draußen auf der Treppe für das Familienfoto posierten. »Und er ist ein richtiger Gentleman.«

»Scheint ein prima Kerl zu sein«, flüsterte ihr Vater. »Ich mag einen Mann, der dir offen in die Augen sieht.«

Nick wollte gar nicht mehr aufhören zu fotografieren, und Chris mußte ihn schließlich energisch ermahnen, daß es langsam Zeit wurde aufzubrechen. »Wenn wir jetzt nicht losfahren, verpassen wir noch die ganze Zeremonie.«

Jon half dem älteren Paar auf den Rücksitz des weißen Rolls-Royce, während Nick die Vordertür für Chris aufriß. In der Universität reihte sich Chris in die Schar der Graduierten ein, die in schwarzen Gewändern und mit viereckigen Akademikerhüten auf dem Kopf feierlich in die Aula einzogen. Als Chris ihr Diplom in Empfang nahm, war sie in einer unbeschreiblichen Hochstimmung. Sie stand an der Schwelle eines neuen Lebens.

Nach der Zeremonie schloß Nick sie in die Arme. »Ich bin so stolz auf dich, Liebes. Du warst die Schönste in der Aula.«

Strahlend und benommen vor Glück, lachte Chris und wandte sich ihren Eltern zu, die beide feuchte Augen hatten, um deren Küsse und Glückwünsche entgegenzunehmen.

»Super, Mom!« Jon hob sie hoch und wirbelte sie rund.

Nick brachte sie alle wieder zum alten viktorianischen Haus zurück, damit sie sich für die Party am Pool, die in einer Stunde anfangen sollte, etwas legerer anziehen konnten. »Soll ich warten, bis du dich umgezogen hast?«

»Nein, ich komme in ein paar Minuten nach.« Chris strich ihm zärtlich über die Wange. »Aber vielen Dank, daß du uns zur Examensfeier gebracht hast. Mom und Dad sind noch nie in einem Rolls gefahren. Ich glaube, das hat sie sehr beeindruckt.«

»Es wäre mir lieber, wenn sie vom Fahrer und nicht vom Auto beeindruckt wären.«

Chris lachte. »Das sind sie auch.«

Glücklich vor sich hin summend, stellte Chris den Abschleppwagen ganz unten an der Auffahrt ab, um für alle Fälle freie Fahrt zu haben. Sie stieg aus dem Führerhaus, strich Hose und Pulli – beides pink – glatt und nahm ihre Funkausrüstung mit. Die Sonne stand tief hinter den Bäumen von River Oaks. Eine leichte, nördliche Brise bewegte die Blätter und kühlte die stickige Luft im Golf; perfektes Wetter für eine Party.

Nick erwartete Chris an der Haustür. Sie lächelte und winkte ihm zu, während sie die Auffahrt hochschlenderte.

Er runzelte die Stirn. »Warum kommst du mit dem Schlepper?«

»Mein Job, vergiß das nicht.«

Er schaute betreten drein. »Aber was ist mit deiner Party? Erzähl mir nicht, daß du vorhast, mitten drin aufzuspringen und davonzufahren.«

Chris lachte. »Keine Angst. Peavine hat mir versprochen, eventuelle Einsätze für ein paar Stunden mit dem anderen Abschleppwagen zu übernehmen. Das hier«, erklärte sie und hob das Funkgerät hoch, »ist nur für einen Notfall.«

»Darling, ich hatte gehofft, daß du heute abend . . . Zum Teufel, Chris, wenn's ums Geld geht, dann heuere ich den Karren für die ganze Nacht. Ich gebe dir doppelt soviel, wie du auf der Straße machen kannst.«

Ihr Lächeln verschwand. »Nick, bitte verdirb mir nicht alles.«

»Liebes, es tut mir leid. Ich hatte gehofft . . .«

»Nicolas! Läßt du deine Gäste immer so lange vor der Tür stehen? *Avanti,* kommen Sie, meine Liebe«, rief die ältere Frau, drängte sich an Nick vorbei, um Chris ins Haus zu führen.

Nick sah sie amüsiert an. »Ja, Mama. Das ist Chris Ponder, unser Ehrengast.«

»Oh, herzlichen Glückwunsch zum Diplom. Ich habe soviel Wunderbares von Ihnen gehört und bin glücklich, Sie endlich kennenzulernen.« Mama Russo nahm Chris' Hände in ihre und strahlte die Freundin ihres Sohnes an.

Chris mochte die Frau sofort und lächelte zurück. »Ich freue mich auch sehr, Sie kennenzulernen. Sie haben eine wundervolle Familie.«

Mama Russo schaute lachend zu ihrem Sohn auf. »*É bella,* sie ist schön, Nicolas. Ich mag sie.«

Nick lächelte. »Ich auch.«

»Kommen Sie, und sehen Sie sich an, was Anna und ich gemacht haben.« Mrs. Russo plauderte munter drauflos, während sie Chris die Dekorationen und die Blumengestecke zeigte.

Als jemand anfing, den Hochzeitsmarsch zu summen, drehte Nick sich um und sah Bianca in lilafarbener Flatterhose und Bluse an den Türrahmen gelehnt stehen und grinsen. »Ich glaube, Mama ist einverstanden, Nicky. Sie plant schon die *Bambini.*«

»Ich hoffe, sie sagt nichts, was Chris abschrecken könnte. Ich habe ihr doch noch gar keinen Heiratsantrag gemacht.«

Bevor sie weiterdiskutieren konnten, kamen neue Gäste. Karen Holder war die erste, gefolgt von Amelia und Bill Simons, Tony Milella und seinen Söhnen, Sal und Carlo. Chris' Eltern kamen mit den Lovels, und bald stießen noch Melitta und Emmett Layman und ein paar andere Freunde und Nachbarn von Chris dazu.

»Ich habe gehört, daß Sie Chris geholfen haben, mir den Wagen zurückzubringen, für den Unmengen an Raten ausstanden«, sagte Emmett Layman und streckte Nick seine fleischige Hand entgegen. »Ich bin Ihnen sehr zu Dank verpflichtet. Verdammt gute Arbeit – ich meine, sehr gute Arbeit. Ich habe der kleinen Dame einen fetten Bonus dafür gegeben.«

Nick murmelte etwas, von dem er hoffte, daß es höflich klang, und wandte sich an Jon und seine Freundin Suzi, eine große, attraktive Rothaarige, die im Herbst ihr Studium an der Universität von Texas aufnehmen wollte. »Jetzt verstehe ich, warum du unbedingt nach Texas übersiedeln willst, Jon«, sagte Nick.

Als der letzte Gast angekommen war, einschließlich Onkel Larry in einem grellen Hawaiihemd und einer weißen kurzen Hose, sorgte Nick dafür, daß alle Champagner zum Anstoßen hatten. Er legte einen Arm um Chris und hob sein Glas. »Auf Chris«, sagte er laut in die Runde, »an diesem ihrem besonderen Tag.«

»Auf Chris«, wiederholten alle wie aus einem Munde.

Mit einem Arm um Nicks Taille, lächelte Chris und schluckte die Tränen herunter, die ihr in die Augen zu steigen drohten. »Auf meine Freunde und Verwandten«, sagte sie und hob ihr Glas. »Danke.« Sie schaute zu dem Gesicht auf, das sie so sehr liebte. »Danke, Nick. Diesen Tag werde ich nie vergessen.«

Er sah sie liebevoll an. »Ganz meinerseits, Tiger.«

Auf Nicks Aufforderung hin, fingen alle an, ihre Teller am opulenten Buffet zu füllen und sich einen Platz am geschmückten Tisch zu suchen. Während die Gäste Schlange standen, führte Nick Chris heimlich ins Haus.

»Wo gehen wir hin?« fragte Chris, als er mit ihr im Schlepptau den Flur hinunterging. Er zog sie ins Schlafzimmer und schloß die Tür.

»Ich wollte einen Augenblick mit dir alleine sein.« Er sah sie zärtlich an, schlang seine Arme um sie und gab ihr einen langen, zärtlichen Kuß. »O Liebes, hast du eine Vorstellung davon, wie ich mich nach dir sehne? Weißt du, wie lange es schon her ist?« fragte er, während seine Lippen über die weiche Haut ihres Halses strichen.

Sie dachte an den vergangenen Sonntag, nickte und seufzte. »Fast eine Woche.«

»Sechs Tage, drei Stunden und vierzehn Minuten.« Seine Rechte glitt unter ihren Pulli und umschloß eine ihrer Brüste. Er hauchte Küsse auf ihr Gesicht und drückte ihre Hüften fest an sich. »Laß mich dich lieben, Tiger. Hier. Jetzt.«

»Nick, das geht nicht.« Chris atmete schnell. »Meine Eltern . . . deine Mutter . . . die Leute da draußen. Was würden sie . . .«

Er küßte sie wieder.

»Huch«, sagte eine weibliche Stimme an der Tür. »Entschuldigung, ich suche die Toilette.«

Eng umschlungen starrten Nick und Chris zur Tür und sahen, daß Karen sie angrinste. Chris versuchte, sich loszumachen, aber Nick hielt sie fest an sich gepreßt. »Da rüber«, sagte er und zeigte mit dem Daumen über seine Schulter hinweg.

»Danke.« Karen grinste. Und ihr Grinsen wurde noch breiter, als sie an ihnen vorbeischlich. »Laßt euch nicht stören. Macht ruhig weiter. Es sieht aus, als machte es Spaß.«

Sie mußten lachen. »Ich glaube, wir müssen uns um unsere Gäste kümmern«, sagte Chris. »Du bist schließlich der Gastgeber und ich der Ehrengast.«

Nick seufzte. »Wenn du darauf bestehst. Kann ich dich denn vielleicht überreden, heute nacht hierzubleiben, anstatt mit dem Abschleppwagen rauszufahren?«

Sie lächelte und schüttelte langsam den Kopf. »Ich komme morgen rüber, wenn meine Eltern wegfahren.«

»Ich muß etwas Wichtiges mit dir besprechen, aber ich fürchte, ich muß damit noch warten.« Er gab ihr lächelnd einen Kuß auf die Nase.

Chris strich ihre Kleider glatt, und sie gingen nach draußen zum Buffet, um sich die Teller zu füllen. Als sie ein riesiges Glas mit schwarzen Oliven entdeckte, zog sie die Augenbrauen hoch und schoß Nick einen Blick zu.

Er lachte leise. »Ich konnte nicht widerstehen.« Er beugte sich zu ihr und flüsterte ihr ins Ohr: »Oliven sind sehr erotisch, weißt du.« Er lud sich einen Löffel voll auf den Teller.

Immer noch lachend setzten sie sich zu Amelia und Bill Simons an einen Vierertisch. Der Innenhof war erfüllt mit Lachen und Stimmengewirr, und zwischen Bissen von Hummer und Spargelspitzen unterhielt Onkel Larry eine Gruppe mit Zaubertricks.

»Er ist ein Original«, sagte Nick.

»Wem sagst du das! Ich bin bloß froh, daß er noch keine Plastikeiswürfel mit Sieberfischattrappen darin in die Drinks getan hat.«

Als Chris sah, daß ihre und Nicks Mutter sich angeregt unterhielten, deutete sie mit dem Kopf auf das Paar und flüsterte Nick zu: »Ich glaube, sie mögen sich.«

»Das glaube ich auch.« Er griff über den Tisch, und drückte ihre Hand. »Glücklich?«

Sie lächelte. »Sehr.«

Als es langsam dunkel wurde und heitere Partyklänge die gute Stimmung am Pool widerspiegelten, schob ein Mann vom Partyservice einen Servierwagen an den Beckenrand und fing an, den Nachtisch vorzubereiten. Unter den »Ohs« und »Ahs« der Menge flambierte er den Inhalt zweier großer Kupferpfannen. Mit schwungvoller Geste schöpfte er Erdbeersoße aus dem blauen Feuer und goß sie über Schüsseln mit Eiscreme, die seine Helfer bereithielten.

Gerade als Chris ein Schüsselchen vor sich stehen hatte, tönte es leise aus dem Funkgerät an ihrem Gürtel. »Ich muß kurz telefonieren.« Sie sprang auf und lief ans Telefon, Nick folgte ihr. Nach einem kurzen Gespräch mit der Zentrale rannte sie zur Tür und rief über die Schulter hinweg: »Schwerer Unfall auf der A 10. Ein Benzintransport. Sie brauchen mich sofort.«

»Chris, warte!« Nick schrie hinter ihr her, während sie die Auffahrt hinunterlief. Bevor er den Abschleppwagen erreicht hatte, war Chris schon eingestiegen, und der Wagen schoß mit quietschenden Reifen davon. Nick rannte zur Garage, aber das Tor war durch die Wagen der Gäste blockiert. »Verdammt!« Er sah hilflos die Auffahrt hinunter.

Bianca kam zu ihm gelaufen. »Nick, was ist passiert?«

»Chris ist zu einem Unfall gefahren. Es hörte sich gefährlich an. Gib mir bitte deine Schlüssel.«

»Du willst *mein* Auto fahren?«

»Ich würde ein Fahrrad nehmen, wenn ich eins bei der Hand hätte. Sie bringt sich eines Tages noch um mit diesem verdammten Schlepper.« Er streckte ungeduldig die Hand nach Biancas Schlüsseln aus. Bianca zog sie aus ihrer Tasche. »Da, fahr nur. Aber was ist mit deinen Gästen?«

»Was kümmern mich die Gäste!« Fluchend und mit vor Angst rasendem Puls rannte Nick zu dem Sportwagen mit den Mausohren und brauste wenig später bereits hinter Chris her.

Chris hatte die Warnleuchten eingeschaltet und raste über die Ausfahrtrampe zum Freeway hoch. Mit kreisenden Rotlichtern schlängelte sie sich durch den Stau und schaffte es in weniger als dreißig Minuten. In beiden Richtungen waren die Fahrbahnen von der Polizei abgesperrt. Zwei andere Abschleppwagen mit Seilzug parkten auf dem Randstreifen. Chris sprang aus dem Führerhaus und ging auf einen Polizisten zu, den sie kannte. Er versuchte, Neugierige von der Unfallstelle fernzuhalten.

Chris verzog das Gesicht, als sie den kleinen roten Wagen sah, der unter dem Heck des Tanklasters eingeklemmt war. Sie roch, daß der Tank leckgeschlagen war.

»Chris«, sagte der junge Polizist. »Wie froh bin ich, Sie zu sehen. Das Ding kann jede Minute explodieren. Zwei Teenager sitzen in der Falle. Sie sind halb bewußtlos und bluten schrecklich. Wir können sie nicht herausschneiden, ohne Funken zu riskieren.«

»Was ist mit denen?« Chris deutete auf die Unfallhelfer, die schon an Ort und Stelle waren.

»Die können es nicht riskieren. Sie müßten ihre Ketten am Chassis festhaken, um den Wagen herauszuziehen, und wenn der dann Feuer fängt, gehen sie mit in die Luft. Sie dagegen mit Ihrer hydraulischen Adlerklaue könnten den Wagen fallen lassen, wenn er anfinge zu brennen. Die Feuerwehr hatte auf dem Weg hierher eine Kollision. Wir haben dann noch einen Feuerwehrwagen angefordert, aber wir können nicht länger warten. Wollen Sie es versuchen?«

Chris wußte, daß sie keine Wahl hatte. Es hätte genausogut Jon sein können, der da eingeklemmt war. Sie sah das Benzin aus dem Tank tropfen und dunkle, tödliche Pfützen auf dem Asphalt bilden. »Suchen Sie alle Löschgeräte zusammen, die Sie finden können, und halten Sie sich bereit.« Sie eilte zum Schlepper zurück und schob Manschetten über die Klauen, um sie an die kleinen Reifen des Sportwagens anzupassen.

»Chris! Chris!«

Sie schaute von ihrer Abeit auf und sah, wie Nick zwei Polizisten abschüttelte, die versuchten, ihn aufzuhalten. »Zurück, Nick! Zurück!«

»Tu's nicht«, schrie er.

Zwei weitere Polizisten rannten herbei, um Nick festzuhalten, als sie in ihren Abschleppwagen kletterte und ihn in Position drehte. Nick setzte einen Polizisten vorübergehend mit einem Fausthieb außer Gefecht, aber schließlich warfen sie ihn zu Boden, legten ihm Handschellen an und schleiften ihn aus der Gefahrenzone heraus.

»Verdammt, laßt mich los!« brüllte er. »Das ist die Frau, die ich liebe, und ich kann nicht zusehen, wie sie ihr Leben aufs Spiel setzt!«

»Tut uns leid, Mister«, sagte einer der Polizisten. »Ich kann mir vorstellen, wie Ihnen zumute ist, aber wir müssen Sie zurückhalten.«

Flankiert von zwei gewichtigen Polizeibeamten mußte Nick hilflos zusehen, wie der Kranarm sich senkte und der Greifer sich den Hinterrädern des kleinen roten Wagens näherte. Er fluchte, der Schweiß lief ihm übers Gesicht, und er zitterte am ganzen Körper. Der Benzingeruch war so stark, daß Nick sich fast übergeben mußte.

In der Ferne heulte eine Sirene, und Nick betete. Das Geräusch kam näher, und Nick konnte die roten Lichter aufleuchten sehen, als ein Feuerwehrwagen die Ausfahrtsrampe hochraste. Ein Krankenwagen folgte dicht hinterher. *Warte, Chris. Warte!*

Der schwarze Abschleppwagen bewegte sich ein paar Sekunden nicht, so lange, bis die Feuerwehrleute in Bereitschaft standen. Dann hob sich der Kranarm, und der Schlepper schoß nach vorne. Ein Kratzen und Knirschen von Metall wie von den Klauen eines Stahlriesen war zu hören. Funken flogen, als die beiden Fahrzeuge kreischend auseinandergerissen wurden. Ein dunkles Rinnsal auf dem Asphalt blitzte auf einmal hell auf, und eine blaue und orangefarbene Flamme schoß in die Luft. Sie raste in verschiedene Richtungen über die Kühlerhaube des kleinen roten Autos und züngelte in Richtung Tankwagen.

Wachsame Feuerwehrleute sprühten Chemikalien über die rote Kühlerhaube, und eine zweite Mannschaft erstickte die Flammen, die auf den Tanker zuschossen. Als der Abschleppwagen und das kleine rote Auto außer Gefahr waren, schloß Nick die Augen und sackte gegen einen der Polizisten, die ihn festgehalten hatten.

»Alles okay, Mister. Sie hat es geschafft.« Der größere Polizist schloß die Handschellen auf. »Ich glaube, die brauchen Sie jetzt nicht mehr. Aber seien Sie nicht zu grob mit ihr. Sie hat diesen Kindern das Leben gerettet.«

Nick starrte den Uniformierten an. »Was würden Sie

tun, wenn das *Ihre* Frau wäre, die so eine Stuntnummer abgezogen hätte?«

»Ich würde ihr die Hölle heiß machen!«

»Ich werde ernsthaft über Ihren Vorschlag nachdenken.« Nick zitterte, als er auf den Abschleppwagen zuging, der inzwischen das Auto abgesetzt hatte, damit die Insassen in den Krankenwagen geladen werden konnten.

Chris sah Nick kommen und kletterte aus dem Führerhaus. Ihre Knie waren auch weich, und ihr Herz klopfte wild. Sie lächelte Nick zu. Er lächelte nicht zurück. Er biß die Zähne zusammen, und seine Augen glühten vor Zorn.

Als sie mitten auf dem Freeway im Sirenengeheul und dem Getümmel der Einsatzmannschaften standen, und rote und blaue Warnlichter gespenstische Blitze auf Menschen und Beton warfen, packte er sie am Arm und schüttelte sie. »Was, zum Teufel, denkst du dir bloß, wenn du so etwas Idiotisches tust! Du hättest umkommen können; in die Luft fliegen, verbrennen können!«

»Es tut mir leid, daß dich das so aufgeregt hat, Nick, aber ich hatte keine Wahl. Ich mußte es tun.«

»Keine Wahl?« schrie er. »Natürlich hattest du die Wahl! Du hättest dich weigern müssen, es zu tun, wie jede vernünftig denkende Frau es getan hätte.«

»Ich denke vernünftig genug«, entgegnete sie. »Ich hab's getan, weil einer es tun mußte. Es ist mein Job. Aber beruhige dich, mir ist nichts passiert. Und jetzt laß mich los, Nick.« Sie versuchte, sich aus seinem Griff zu befreien. »Du tust mir weh.«

Er lockerte seinen Griff ein wenig und zog sie an sich. »Liebes, ich habe noch nie in meinem Leben solche Angst gehabt. Tu mir so etwas nie wieder an.« Er sah ihr in die Augen. »Chris, ich liebe dich. Wenn du Geld so nötig brauchst, daß du dein Leben dafür riskierst, dann gebe ich es dir. Mehr als du jemals ausgeben kannst. Ich bin sieben oder acht Millionen Dollar wert. Heirate mich, und es gehört alles dir. Ich überschreibe dir meinen letzten Penny. Aber ich werde nicht erlauben, daß du jemals wieder den Fuß in dieses schwarze Teufelswerkzeug setzt. Laß den schwarzen Schlepper, wo er ist, und komm mit mir dahin, wo du hingehörst.«

Wut packte Chris, als sie das hörte. »Du wirst nicht *erlauben,* den Abschleppwagen zu fahren? Nur zu deiner Information, *ich* entscheide, was ich tue und wo ich hingehöre. Ich brauche dein verdammtes Geld nicht. Ich mache mich nicht von dir oder irgend jemand abhängig. Ich komme alleine zurecht, Nick Russo!«

Nick ließ sie los, preßte die Lippen aufeinander und schüttelte den Kopf. »Chris, das halte ich nicht mehr aus. Entweder der Abschleppwagen oder ich! Du wirst dich entscheiden müssen. Und zwar jetzt!«

Du wirst dich entscheiden müssen. Die drohenden Worte und der kalte Ton weckten alte, böse Erinnerungen. Bitterkeit schnürte ihr die Kehle zu und ein Eisenring schien sich um ihr Herz zu legen.

Ihre Augen wurden schmal. »So, du versuchst also auch, mich zu erpressen? Ich habe dir gesagt, daß ich mich nie in meinem Leben wieder von einem Mann schulmeistern, manipulieren oder erpressen lassen werde. Was ich mit Curt durchgemacht habe, reicht mir für den Rest meines Lebens.« Sie wirbelte herum und ging mit energischen Schritten auf den Abschleppwagen zu. Sie kletterte hinein, lehnte sich noch einmal aus dem Fenster und schrie: »Du kannst dir dein Geld und deine Drohungen sonstwo hinstecken!«

»Versuch nicht, mich zu beleidigen!« Nick stand immer noch mitten auf dem Freeway und schrie hinter ihr her. »Ich liebe dich, du dickköpfige Katze, aber ich will nicht länger zusehen, wie du dich umbringst. Ich bin nicht wie Curt, und das weißt du ganz genau! Wenn du wieder bei Verstand bist, weißt du, wo du mich finden kannst.« Mit wut- und schmerzverzerrtem Gesicht wandte er sich ab und ging langsam davon.

10

Chris packte das Lenkrad mit zitternden Fingern und sah hinter Nick her. Vielleicht ist es besser so, dachte sie. Was würde er als nächstes verlangen, wenn sie wirklich den Abschleppwagen aufgab? Eins nach dem anderen, bis sie total von ihm abhängig war. Und das wollte sie nicht, nein, nie wieder!

Nachdem sie ein paarmal tief durchgeatmet und sich etwas beruhigt hatte, hob sie den Kranarm und zurrte den roten Wagen fest. Während sie ihn abtransportierte, biß sie die Zähne so fest zusammen, daß ihr die Kiefer schmerzten.

Sie arbeitete wie besessen bis drei Uhr morgens, so daß sie in dieser Nacht mehr verdiente, als sonst in Monaten, und abgesehen von dem Zwischenfall mit dem Tanklaster gab es in dieser Nacht nur Routinefälle. Die paar schwierigen Einsätze in der letzten Zeit bedeuteten noch lange nicht, daß es gefährlich war, den Abschleppwagen zu fahren. Das waren unglückliche Zufälle, und es gibt keinen Grund für Nick, in die Luft zu gehen, dachte sie, als sie endlich ins Bett fiel.

Als der Wecker am folgenden Morgen um sieben Uhr schellte, war Chris wie gerädert, aber sie zwang sich, aufzustehen und sich anzuziehen. Ihre Eltern würden bald abfahren, und sie wollte noch ein paar Stunden mit ihnen verbringen. Sie hatte nicht einmal Zeit gehabt, ihnen die gute Nachricht von dem Lazan-Preis mitzuteilen.

In der Küche traf sie auf ihre Familie und auf drei vorwurfsvolle Augenpaare. Sie sah von Jon zu ihrer Mutter und zu ihrem Vater.

»Was ist los?« Sie goß sich Kaffee ein und setzte sich zu dem Trio an den Frühstückstisch. »Es tut mir leid, daß ich gestern die Party so plötzlich verlassen mußte, aber es war ein Notfall.«

»Das wissen wir.« Jo sah sie düster an. »Du hast Schlagzeilen gemacht.« Er warf ihr die Titelseite des *Houston Chronicle* hin.

Abschleppwagenfahrerin rettet Teenager vor dem Feuertod, las Chris. Ein kleines Foto von ihr – eins, das vor ein paar Jahren einmal in einem Artikel über Frauen mit ungewöhnlichen Tätigkeiten erschienen war – illustrierte den Text, den sie eilig überflog.

»Das klingt ja nach Heldentum und Todesverachtung.« Sie zuckte die Schultern und legte die Zeitung beiseite. »So wild war es nun auch wieder nicht.«

Ihr Vater räusperte sich und fuhr sich mit der Hand durch das schüttere graue Haar. »Christine, einerseits sind deine Mutter und ich sehr stolz auf dich, weil du diese Kinder gerettet hast, aber wir machen uns auch Sorgen. Ich weiß, daß es für dich und Jon in den letzten Jahren nicht leicht gewesen ist . . .«

»Was dein Vater sagen will, meine Liebe«, unterbrach ihn ihre Mutter, »ist, daß wir ein bißchen Geld gespart haben, das wir dir geben möchten.«

Chris spürte, wie ihr die Tränen in die Augen stiegen. Das ging auf Jons Konto. Sie warf ihm einen vorwurfsvollen Blick zu. Auf keinen Fall wollte sie ihre Eltern mit ihren Problemen belasten. »Ich danke euch beiden, aber ich kann eure Ersparnisse nicht annehmen. Von jetzt an wird alles besser.«

»Durch Nick?« fragte ihre Mutter lächelnd. »George und ich mögen ihn sehr. Und nach dem, was wir gesehen haben, kann er sehr gut für dich und Jon sorgen.«

»Nein, es hat nichts mit Nick zu tun. Ich habe eine gute Nachricht, die ich gestern abend nicht mehr loswerden konnte.« Sie erzählte von dem Preis und der Stelle, die damit verbunden war.

»He, herzlichen Glückwunsch, Mom!« sagte Jon. »Super!«

Chris' Mutter seufzte erleichtert und stolz, und ihr Vater lachte vor Freude. »Jetzt können deine Mutter und ich wieder ruhig schlafen und brauchen keine Angst mehr um dich zu haben.«

Chris erwähnte nicht, daß sie die Stelle erst im September antreten konnte, und auch nicht, daß es mit Nick aus war. Fragen nach ihm wimmelte sie mit der Bemerkung ab, daß er nur ein Freund sei. Jon warf ihr einen erstaunten Blick zu.

Später standen Chris und Jon an der Haustür und winkten dem Auto nach, bis es außer Sicht war. Dann wandte sich Jon seiner Stiefmutter zu. »Was soll das heißen, du und Nick, ihr seid nur Freunde?«

Sie zuckte die Schultern. »Nach letzter Nacht bin ich nicht mal sicher, ob wir Freunde sind.«

»Was ist passiert? Hattet ihr Streit?«

»Meinungsverschiedenheit ist wohl das passendere Wort.« Das Telefon klingelte. »Würdest du drangehen? Wenn es für mich ist, dann sag, ich bin nicht da. Ich glaube, alle, die ich kenne, haben inzwischen die Zeitung gesehen, und ich habe keine Lust, Erklärungen abzugeben.« Dann stieg Chris langsam die Treppe hinauf.

»Hast du schon den *Chronicle* gesehen?« fragte Bianca, als Nick den Hörer abhob.

»Ja, habe ich!«

»Du brauchst mir nicht gleich den Kopf abzureißen, großer Bruder. Offensichtlich bist du nicht glücklich über diese Heldentat.«

»Das ist eine ziemliche Untertreibung, weißt du.«

»Ich finde es aufregend. *Abschleppwagenfahrerin, Christine Ponder, 34* – warum müssen Zeitungen immer das Alter der Leute erwähnen – *trotzte tapfer dem Tod* . . .«

»Ich hab's gelesen, Bianca!«

»Schon gut, *pardon moi*. Ich bin sehr stolz auf Chris.«

»Du bist nicht dabei gewesen. Ich mußte zusehen, wie sie fast umkam. Es ist ein Wunder, daß der verdammte Abschleppwagen nicht explodiert ist und sie mit in die Luft gerissen hat. Ich hätte sie mit Gewalt herausgeholt, wenn ich nicht Handschellen angehabt hätte.«

Bianca kicherte. »Mein Herr Bruder in Handschellen?«

»Das ist nicht lustig; ich wundere mich, daß sie mich nicht eingesperrt haben, nachdem ich einen Polizisten niedergeschlagen habe.«

Das Lachen am anderen Ende der Leitung klang gar nicht damenhaft. »Das hätte ich gerne gesehen. Langsam dämmert mir, warum du so wütend warst, als du nach Hause kamst. Ich sehe, du hast also gestern abend keine Gelegenheit gehabt, deinen Heiratsantrag zu machen.«

»O doch.«

»Und?«

Nick schilderte ihr den Streit.

»Nicky, ich mag dich wirklich, aber du bist so ein schrecklicher Egoist. Kein Wunder, daß Chris dir den Laufpaß gegeben hat. So ein Ultimatum zu stellen ist ungefähr genauso dumm, wie Erdnußbutter von einem Steakmesser zu lecken.«

»Schon möglich, aber ich halte es nicht aus, wenn ich Chris ständig in Gefahr weiß. Es macht mich wahnsinnig. Das war schon das zweite Mal in einer Woche, daß sie sich fast umgebracht hat.«

»So, und du bist jetzt glücklich.«

»Guter Gott, nein«, sagte Nick. »Ich fühle mich miserabel.«

»Die Frage ist also, willst du dich lieber mit ihr oder ohne sie elend fühlen? Denk mal darüber nach, Nicky.«

Nick dachte eine Woche lang darüber nach. Sieben Tage später fühlte er sich nicht weniger miserabel. Tatsächlich wurde sein Elend immer größer. Der Sonntag war die Hölle. Nick vermißte die Frau, die er liebte, das gemeinsame Wäschewaschen, Chris' Lachen, ihren spritzigen Geist, ihren Geruch und ihre Berührung.

Er nahm den Telefonhörer ab und rief an. Jon meldete sich.

»Ist Chris zu Hause?«

»Nein, Nick, sie ist in der Automatenwäscherei.«

»Wie geht es ihr?«

»Ganz gut, schätze ich. Bis auf ihre Laune, die ist ziemlich mies. Was ist denn eigentlich zwischen euch beiden vorgefallen?«

»Ich wollte sie zwingen, den Abschleppwagen aufzugeben.«

»Das Verfahren funktioniert bei Mom nicht.«

»Das habe ich gemerkt. Sag ihr, sie möchte mich anrufen, wenn sie wiederkommt.«

Nick wartete bis Mitternacht neben dem Telefon. Vergebens!

Bianca hatte recht. Es war dumm von ihm gewesen, Chris ein Ultimatum zu stellen. Er legte die Kassette der Gruppe *Whitesnake* ein, suchte den Song ›Slow and Easy‹ und drehte auf volle Lautstärke. Er lauschte und durchlebte noch einmal jeden phantastischen Augenblick jenes Abends mit Chris im Club. Die bittersüßen Erinnerungen quälten ihn.

Als Karen am Mittwoch die Tür öffnete, rief sie nach einem Blick auf Chris aus: »Du siehst aus, wie der Tod auf Socken.«

»Oh, danke schön, meine Liebe. Genau das brauche ich jetzt.«

»Aber es stimmt. Soll ich lügen? Aus den dunklen Ringen unter deinen Augen schließe ich, daß du dich noch nicht wieder mit deinem schönen Italiener versöhnt hast.«

Chris schüttelte den Kopf und folgte Karen ins Haus. Sie setzte sich an den Küchentisch, während ihre Freundin Avocados schälte.

»Warum nicht?« wollte Karen wissen. »Es ist doch offensichtlich, daß ihr zwei ganz verrückt aufeinander seid.« Sie zerdrückte die Avocados und mischte Tomatenscheiben, Zwiebeln und Zitronensaft darunter.

»Manchmal ist das nicht genug.«

Karen verdrehte die Augen, knallte die Schüssel mit dem Dip auf den Tisch und warf Chris eine Tüte mit Chips hin zum Öffnen. »Ich glaube, du hast einen Kopf aus Granit.« Sie schob einen Topf in den Ofen und nahm zwei eisgekühlte Gläser und eine Flasche Margaritta aus dem Gefrierschrank.

»Da waren zu viele Probleme.«

»Welche Probleme? Ein großartiger Mann, der sich Sorgen um deine Sicherheit macht. Solche Probleme möchte ich haben!« Karen goß die Gläser voll. »Ich kann nicht glauben, daß du diesen Abschleppwagen Nick vorziehst. Hast du vielleicht irgendwelche perverse Beziehungen zum Schalthebel?«

»Karen!«

Ungerührt zuckte die dunkelhaarige Frau die Schultern. »Warum willst du dann Nick aufgeben? Schließlich ist er ein Prachtexemplar von Mann!«

»Du weißt, daß es mir ums Prinzip geht.«

Sie tranken ihre Gläser leer und knabberten die Chips mit Avocado-Dip. »Fühlst du dich glücklich mit deinen Prinzipien?«

»Nein.« Chris seufzte. »Miserabel.«

Chris saß auf einem Plastikstuhl vor dem Wäschetrockner und sah zu, wie ihre Wäsche sich drehte und drehte. Bunte Kleidungsstücke fielen und Knöpfe klickten gegen die Trommel, während die Stücke im Kreis hintereinander herjagten – so ähnlich wie ihre Gedanken in den vergangenen zwei Wochen.

Fliegen umschwirrten Chris und landeten schließlich auf dem klebrigen Rest eines Lollis, den ein Kind auf den Betonboden fallengelassen hatte. Es roch nach Bleiche und heißem Seifenwasser und einem Dutzend widerlicher Weichspüler.

Waren es draußen schon fast dreißig Grad und stickig, dann mußte es hier drinnen zehn Grad wärmer sein und doppelt so muffig. Ihr Haar klebte an Gesicht und Nacken, und Schweißtropfen rannen zwischen ihren Brüsten entlang. Die feuchte Haut über ihrem Trägertop klebte an der orangefarbenen Rückenlehne des Stuhls.

Unwillkürlich mußte sie an Nicks Swimmingpool denken und an Nick, wie er lachte und sie mit kühlem Wasser bespritzte. Und dann an seine dunkelgrauen Augen. Seine Lippen, seine Hände . . .

Wann werde ich endlich aufhören, an ihn zu denken? Die Zeit heilt angeblich alle Wunden, aber meine eitern nur. Sie seufzte. Es verging kaum eine Stunde am Tag, in der sie nicht an Nick dachte, oder eine Nacht, in der sie nicht von ihm träumte.

Sie stand auf, spritzte sich an einem Waschbecken lauwarmes Wasser ins Gesicht und wischte es mit der Armbeuge wieder ab. Besser jetzt ein bißchen Kummer als nachher ganz viel, sagte sie sich. Aber der Kummer war nicht klein. Er war enorm und wuchs von Tag zu Tag.

Und er, tat es ihm auch weh? Er hatte sie zweimal telefonisch zu erreichen versucht, aber sie hatte nie zurückgerufen.

Chris faltete ihre Wäsche, brachte sie zum Auto und fuhr nach Hause. Sie freute sich auf eine kühle Dusche.

Eine halbe Stunde später klingelte das Telefon. Chris wickelte sich ins Badetuch, lief zu dem Apparat im Flur und hob ab.

Evelyn Lovell war fast hysterisch. »O Chris, es ist wegen Hub. Er hat einen Unfall gehabt und ist jetzt auf der Unfallstation im Ben-Taub-Hospital.«

»Kopf hoch, Evelyn. Ich bin in drei Minuten bei dir.«

Chris zog sich hastig an, griff ein Paar Sandalen,

schrieb eine Nachricht für Jon und schnappte sich ihre Handtasche, während sie zur Tür hinauslief. Sie schleuderte Schuhe und Handtasche auf den Beifahrersitz des Volvo und startete den Wagen. Sie setzte zurück und war schon vor Evelyns Haustür, bevor die ältere Frau die Treppe herunterkam.

»Wie schlimm ist es?« fragte Chris, während sie in Richtung Krankenhaus brausten.

»Ich weiß es nicht. Der Polizist sagte, der Arzt hätte ihn gerade erst geröntgt.« Evelyn nestelte nervös an ihrem Taschentuch herum, mit dem sie sich immer wieder die Augen wischte. »Ich habe Hub gesagt, er sollte nicht mit dem Abschleppwagen rausfahren, aber er ist so dickköpfig.«

»Er war im Abschleppwagen?«

»Ja. Peavines Frau ist krank geworden.«

»Warum hat er mich nicht gerufen?«

»Hat er ja, aber du warst nicht da. Es ging um eine Beschlagnahmung eines Wagens in Pasadena. Er sagte, es würde nur ein paar Stunden dauern.«

Chris schaffte es in Rekordzeit zum Krankenhaus. Hub wurde immer noch untersucht, sie konnten also nichts Neues über seinen Zustand erfahren. Aber der Polizist, der Evelyn angerufen hatte, war noch da. Nachdem Chris Evelyn ins Wartezimmer gebracht hatte, befragte sie den Officer.

»Er ist mit einem gemeinen Kerl aneinandergeraten«, erklärte der Polizeibeamte. »Nachdem Mr. Lovell den Wagen abgeschleppt hatte, sprang der Besitzer in den Lieferwagen seines Nachbarn und veranstaltete eine Hetzjagd auf dem Gulf Freeway. Er rammte den Schlepper und drückte ihn seitlich gegen einen Betonpfeiler in der Nähe der Scott Street. Ich möchte seine

Frau nicht beunruhigen, aber als ich den Krankenwagen rief, blutete Mr. Lovell schlimm, und er war bewußtlos.«

Chris spürte, wie sie blaß wurde, und ihre Knie fingen an zu zittern. Das hätte sie sein können. Sie hätte es sein *sollen.*

Sie dankte dem Officer und ging zurück zu Evelyn ins Wartezimmer. Die beiden Frauen saßen eng nebeneinander, hielten sich die Hände und starrten schweigend auf die Tür des Untersuchungsraumes.

Chris war elender zumute, als jemals zuvor in ihrem Leben. Daß Hub diesen tragischen Unfall gehabt hatte, erschütterte sie tief. Obwohl Hub den Abschleppwagen nur noch selten fuhr, war er der Beste in dem Job. Er hatte Chris alle Tricks beigebracht, und sie hatte immer gedacht, ihm könnte nichts passieren, ihr selbst könnte nichts passieren. Jetzt waren ihr die Augen aufgegangen, und zum ersten Mal erkannte sie die Gefahr.

Wenn Hub, ein überdurchschnittlich guter Profi, die Situation nicht im Griff hatte, was wäre ihr dann passiert? Sie hörte ein unterdrücktes Schluchzen neben sich.

»Ich habe gebettelt, er sollte nicht fahren«, jammerte Evelyn und fing an zu weinen. »Aber er wollte nicht auf mich hören. Er darf nicht sterben, Chris! O Gott, ich liebe ihn doch so.«

Chris zog Evelyn an sich und wiegte sie wie ein Baby. »Ich weiß. Ich weiß.« Sie machte sich nicht nur Sorgen um Hub, sie war auch ärgerlich über ihn. Warum war er gefahren, wenn Evelyn ihn so sehr darum gebeten hatte, es nicht zu tun? Dieser alte Dickkopf!

Dann schoß ihr ein anderer Gedanke durch den Kopf. Hatte sie nicht Nicks Bitten genauso ignoriert? Jetzt fing sie an, seine Sorge um ihre Sicherheit zu verstehen.

Während sie auf Nachricht von dem verletzten Mann warteten, der ihr so lieb und wert war, begriff Chris, daß das Leben zu kurz und kostbar war, als daß dumme Meinungsverschiedenheiten der Liebe im Weg stehen durften.

Nicks Forderungen basierten auf echter Sorge und nicht auf einem Machtbedürfnis. Tief in ihrem Herzen hatte sie immer schon gewußt, daß Nick nicht war wie Curt. Nick wollte nicht ihre Abhängigkeit, sondern ihre Sicherheit. Ihre Bitterkeit hatte sie blind gemacht. Aber jetzt waren ihr die Augen geöffnet worden. Nick hatte sie wirklich geliebt. Tat er das noch immer? Auch nachdem sie seine Gefühle so mit Füßen getreten hatte?

Die Tür wurde geöffnet, und ein junger Arzt in grünem OP-Kittel kam heraus. »Mrs. Lovell?«

»Ja.« Evelyn schaute auf und umklammerte Chris' Hand. Sie erhoben sich, als der Arzt auf sie zukam.

In diesen Sekunden betete Chris und bot Gott einen Handel an. *Bitte laß Hub gesund werden, dann fahre ich den Abschleppwagen nie wieder!*

»Ihrem Mann geht es bald wieder gut. Zum Glück hatte er den Sicherheitsgurt angelegt. Wir haben seine Wunde an der Stirn mit vier Stichen genäht, und er hat eine leichte Gehirnerschütterung, aber in ein oder zwei Tagen müßte er wieder auf den Beinen sein.«

Chris stieß den Atem aus, den sie angehalten hatte, und Evelyns Griff lockerte sich. »Kann ich jetzt zu ihm?«

Der Arzt nickte. »Aber nur für einen Augenblick. Er ist noch ziemlich schwach, und wir möchten ihn über Nacht zur Beobachtung hierbehalten, deshalb wird er in ein paar Minuten in ein anderes Zimmer verlegt.«

Nachdem Evelyn mit dem jungen Arzt gegangen war, stand Chris immer noch wie angewurzelt da. Sie hatte die Augen geschlossen und hörte, wie die Worte in ihrem Kopf dröhnten. *Zum Glück hatte er den Sicherheitsgurt angelegt.* Sie hatte das nie getan. Sie wäre schwer verletzt worden. Oder getötet.

Nick! Sie mußte mit ihm reden.

Sie kramte in ihrer Tasche nach ein paar Groschen und ging zum Münztelefon in der Ecke.

»Chris!«

Sie schaute auf und sah Nick und Jon auf sich zukommen, lief auf Nick zu und sank in seine Arme.

»Wie geht es Hub?« fragte er und hielt sie fest.

Chris lächelte ihn an und nahm Jons Hand. »Leichte Verletzungen. Er ist bald wieder gesund. Evelyn ist bei ihm.«

»Gott sei Dank!« Jon seufzte erleichtert.

»Nick, ich liebe dich so sehr.«

»Ich liebe dich auch, Tiger. Wir müssen miteinander reden.«

Jon räusperte sich und grinste. »Ich warte da drüben.« Er zeigte auf einen leeren Stuhl in der Ecke gegenüber.

»Wieso bist du hier?« fragte Chris. »Hat Jon dich angerufen?«

Nick schüttelte den Kopf. »Ich habe mich so lange zurückgehalten, wie ich konnte. Ohne dich ist jeder Tag miserabel, aber die Sonntage sind am schlimmsten. Ich hatte mir vorgenommen, mit dir zu reden. Ich fuhr gerade bei dir zu Hause vor, als Jon herausgestürzt kam und zum Krankenhaus fahren wollte.«

»Ich bin froh, daß du gekommen bist.« Sie lächelte. »Du hast mir so gefehlt.«

»Chris«, sagte er und nahm ihre Hände. »So kann es nicht weitergehen. Ich liebe dich sehr. Ich wollte dir sagen, daß ich versuchen werde, mich damit abzufinden, daß du dieses schwarze Monster fährst, auch wenn es mir das Herz zerreißt, dich so in Gefahr zu wissen.«

Sie lachte. »Darum brauchst du dir keine Sorgen mehr zu machen. Ich habe beschlossen, Hub zu kündigen.«

»Bist du sicher?«

»Absolut.«

Evelyn kam und berichtete von Hubs Gesundheitszustand. »Ich bin sicher, es geht ihm gut, er streitet sich nämlich schon wieder mit dem Arzt, weil er kein Krankenhausnachthemd anziehen will, wenn er schon über Nacht bleiben soll. Er hat mich abkommandiert, ihm einen Pyjama zu holen, damit er nicht mit blankem Rücken im Bett liegen muß.« Sie lachte.

Nick bat Jon, Evelyn mit Chris' Auto nach Hause zu fahren. »Wir haben noch miteinander zu reden«, erklärte er Chris, als sie im Rolls-Royce saßen. »Und für das, was ich vorhabe, müssen wir alleine sein.«

Wenig später zog Nick Chris in sein Schlafzimmer. Sie lachte leise. »He, ich dachte, du wolltest reden.«

Er grinste. »Unter anderem.« Er nahm eine kleine Schachtel von der Kommode neben der Tür. »Dich mitten auf dem Freeway anzuschreien, das war wohl nicht die richtige Art, dir einen Heiratsantrag zu machen. Diesmal möchte ich es besser machen.« Er beugte sich über Chris und gab ihr einen zärtlichen Kuß. »Chris, ich liebe dich von ganzem Herzen und aus ganzer Seele. Ich verspreche, dir ein guter und treuer Ehemann zu sein, und ich werde Jon wie meinen eigenen Sohn behandeln. Willst du meine Frau werden?«

Chris sah ihm glücklich in die Augen. Eine Liebe, wie

sie sie nie zuvor gekannt hatte, spiegelte sich darin. »Ich bin stolz darauf, deine Frau zu werden.«

Er öffnete die Schachtel und nahm einen Ring von dem schwarzen Samt. Nick lächelte, als er ihn auf ihren Finger streifte. Das Licht brach sich tausendmal in den funkelnden Steinen. »Ich hoffe, er gefällt dir. Rosafarbene Diamanten, wie diese, sind nicht leicht zu finden. Sie sind kostbar. So wie du, Liebes.«

»O Nick, er ist einzigartig!«

Nick warf die Schachtel beiseite und sah Chris mit einem sehnsüchtigen Lächeln an. »Genug geredet. Komm her, Tiger.«

Er nahm sie in die Arme, und seine Liebe war so süß . . . ›Slow and easy‹.

ENDE

Band 58 073

Joan Elliott Pickart

Scheidungsgrund:
Liebe

Deutsche
Erstveröffentlichung

Natürlich kann Emily ohne Paul leben – ohne ihn und erst recht ohne die ständigen Sorgen, ob er von seinen gefährlichen Reportagen gesund zurückkehrt. Also reicht sie die Scheidung ein.
Als es dann heißt, daß der weltberühmte Journalist im Dschungel von Pataguam vermißt wird und wahrscheinlich tot sei, ist Emilys Schmerz fast unerträglich. Doch als Paul eines Tages wieder vor ihr steht, fühlt sie sich fast noch elender. Paul sagt, er habe sich geändert und sei zurückgekommen, um seine Frau glücklich zu machen. Nur – er hat keine Frau mehr, denn Emily ist längst von ihm geschieden . . .

BASTEI LÜBBE